はしがき

筆者は、二十代半ばよりユダヤ系文学に親しみ、七十余年の人生を振り返るとき、改めて思うことがある。それは、「修復の思想」である。人生とは、「本来のあるべき姿」を目指し、修復を繰り返しながら、歩むものではないか。

一般論として、人は、様々な偶然を経てこの世に生を受けるが、そのまま自然に人となるわけではない。天与や生得後の性格を各自の環境に照らし、環境に対する各人の態度を選択つ人生を歩み、様々な修復を重ねて人となってゆくのである。

れは、理想的に言えば、「本来の自己」になるということであろうが、本来の自己とは人は、生まれながらに、多くの潜在能力を秘めているが、そのすべてを、限られた人たすことは不可能である。本来の自己とは、山の彼方に浮かぶ果てしない理想であるない。

、人に可能なことは、好きで熱中できる少数のことに没頭し、自己の適職と思えるし、自己に適した組織に属し、可能な限り生産的な生涯を送ることであろう。

せない紆余曲折の人生であっても、人は、生涯の運営計画を立て、生涯学習を実践し、精神生活の向上を目指して歩むのである。

ユダヤ史を振り返っても、修復の思想の重要性は、明らかであろう。紀元七〇年、第二神殿を破壊され、国家を喪失し、諸国を流浪する生活に陥ったユダヤ人は、どの国へたどり着こうとも、彼らが培った商才によって、せいぜい社会の最底辺の少数民族として滞在を許されるか、さもなければ、迫害、追放、流浪の悪循環を経験してきたのである。こうした逆境によって、最も不安定な立場に置かれたユダヤ人は、「約束の地」を目指し、人生を修復し、存続を求めてゆく術を磨くしかなかったのである。

もっとも、このことは、ユダヤ人だけに限られるものではなく、誰にとっても、究極的には求められるものであろう。人は、ただ現状に甘んじていたのでは、発展はなく、停滞・没落を辿るのみである。したがって、誰でも、たとえささやかでも、人生の修復を求めつつ、存続を目指してゆかねばならない。

ユダヤ人の三分の一に当たる六百万が犠牲になったと言われるホロコーストの後で、世間の同情や、米国・ロシアの支援や、シオニストたちの奮闘によって、一九四八年、ユダヤ人国家イスラエルは誕生した。イスラエル建国と修復の思想は深く関わるであろう。アメリカに移住して行商や被服産業に携わった同胞の場合と異なり、パレスチナに新たな生活を求めたユダヤ人は、長らく放置されてきた荒地を開拓し、農業や建設業に活路を求めなければならなかったのである。農業や建設業を通して国家を再建し、古の言語であるヘブライ語を国語とし、生きるために必要な物を開拓地より生産しようと図ったのであった。それはまさに「本来のあるべき姿」を目指す修復の思想に根差した行動ではなかったか。ホロコーストを辛うじて生き延びた人々は、さらに中東戦争による壊滅の危機をくぐりながら、「約束の地」において、「本来あるべき姿」を求め、人生や社会の修復を目指したのであった。加えて、アメリカなど諸国で暮らすユダヤ系の人々もイスラエルの修復にこぞって貢献したのであった。

ユダヤ教は、戒律によっていかに生きるかを問う実践的な宗教であるが、「現世に神の国を築く」(『ユダヤ教入門』**Blech**)、換言すれば、「この世を修復してゆく」というその使命に注目したい。これに関して十六世紀の聖者イツハク・ルーリアが唱えた、よく引用される神話がある。天地創造の際、そのあまりの圧力のために創造の器が破壊され、そこから神の聖なる光が飛散した。そこで人の使命は、戒律に基づいた善行を成すことによって、万物に封じ込められた聖なる光を解放し、この世を修復することである、という。それは、修復を求める人生であると言えよう。

それでは、以上のように述べてきた修復の思想は、ソール・ベローを含むユダヤ系アメリカ文学にいかに描かれているのであろうか。まず、ユダヤ系アメリカ文学における修復の思想を概観し、続いて、ソール・ベローの諸作品に見られるその思想を掘り下げてゆくことにしたい。

目次

第1章　修復の思想とユダヤ系アメリカ文学

1　はじめに

迫害が激化した一八八一年より一九二四年にかけて、ポーランド、ハンガリー、ロシアなど東欧より二百万ものユダヤ移民が、渡米したという。その一人ひとりに言葉に尽くせない物語があったに違いない。旧世界を離れるまでの葛藤、蒸気船の三等船室での困難な旅路、そして到着後の苦難と奮闘には果てしがなかった。

「約束の地」アメリカには、自由と平等があふれ、通りは金で舗装されている、という風評があったが、実際、到着したユダヤ移民は多くの失望を味わうことになった。ひどい迫害や閉塞感はあったにせよ、緑豊かでゆったりと時間の流れる小さなユダヤ人町（シュテトル）を離れ、草木が乏しく変化の荒々しいアメリカの大都市への移住は、決してたやすいものではなかったのである。確固とした信仰や思想を保持していた者を除いて、たいていの移民は、初期には社会的にも心理的にも困惑してしまった。

苦難の旅路を経てエリス島に到着した移民は、そこから先着の親戚や知人を頼り、ニューヨーク、マンハッタンのロウアー・イースト・サイドの貧民街で新たな生活を始めたのである。フィラデルフィア、シカゴ、ボストンなどへ新天地を求めた場合もあった。「コロラド、キャンザス、オレゴンなどで農業を試みた移民もあったが、それは成功しなかった」（『アメリカのユダヤ人の歴史』Sachar, 135）という。

ロシアなど東欧では、日々十六時間もの宗教教育に明け暮れていたユダヤ人男性は、一八四八年以降に渡米していたドイツ系ユダヤ人が所有する搾取工場（スウェット・ショップ）で日々十数時間もの労働に追われるか、行商で重い足を引きずって歩き回る生活に従事することになった。聖書が新聞のごとく毎日読まれていた旧世界では、聖典研究や神との対話に過ごした金曜夜から土曜夜にかけての安息日でさえ、新世界では戒律に反して労働するようになったのである。生活が百八十度変転し、新しい言語や習慣を学ばねばならず、生活費を稼ぐだけで精一杯であり、ユダヤ教の戒律に配慮することは至難であった。

一方、ユダヤ人女性は、旧世界では男性の宗教教育を助け、市場や家庭で実際的な生活の切り盛りをしていたが、アメリカにおいては、新しい生活に男性より上手く適応し、たとえば、アルフレッド・ケイジン（1915-98）の『都市を歩く』（Kazin）に描かれるように、ばらばらになりがちな「家族の絆を修復する」役割を果たした。

ニューヨークを始めとしてアメリカの大都市には、工業化、大企業、政治的急進主義、などの影響があふれ、大量に移民した人々をその中に巻き込んでいった。シュテトルから大都市への移動は、伝統から近代化への移り代わりと形容できるかもしれない。ただ、その近代化に伴って、変化したもの、失ったものも少なくなかった。伝統や宗教など精神的なものである。ユダヤ系アメリカ文学は、その変化や喪失も描いてゆくのである。

移民が新たな土地に根付いてゆく過程で、小さなユダヤ人町（シュテトル）で培ってきた伝統は、アメリカの都市でいかに変容してゆくのであろうか。たとえば、ショレム・アレイヘム（1859-1916）の『テヴィエの娘たち』（Aleichem）や『先唱者の息子モテルの冒険』において、変化の渦に巻き込まれたテヴィエやモテルたちは、足がかりとして「伝統」を訴えるが、彼らやその家族たちは、変わってゆかざるを得ないのである。（もっとも、テヴィエよりも若い世代のモテルたちは、その変化に対してより柔軟であったかもしれない。）それに従って、強固な絆であったユダヤ家族やユダヤ教の信仰も、アメリカの都市では、変化を余儀なくされてゆく。その変化は、渡米したユダヤ家族のいたるところで起こったことであろう。

東欧のユダヤ人町では、キリスト教文化に挟まれ、土地所有や職業の選択や自由な移動を制限される閉塞的な状況が存在し、物質的には極めて貧しかったが、各自には狭いながら安定した身分があり、相互援助制度が働き、ユダヤ教への熱心な信仰が存在していたのだ。差別や迫害は、ひどいものがあったにせよ、彼らは救世主（メシア）の信仰をもってそれに耐え、逆境においても自殺者は少なかった。自分たちは、神に授けられた使命を果たすために苦難を受けているのだ、という共通の認識があり、それによって集団は結束し、迫害に耐えていた。しかし、アメリカにおいては、その結束が緩み、各人は個々に新たな状況に対応せねばならず、悲劇の増加を招いたのである。

2　一歩ずつの前進

移民は、新しい土地に移植された植物に譬えられるかもしれない。移植されたときは、しおれているように見えても、たいていはやがて回復し、新たな土地に根付いてゆくのである。移民初期には、宗教や伝統や家族の絆が弱まり、精神の貧困化が生じたことであろう。その貧困状態を一歩ずつ修復してゆくために助けとなったものは、労働運動などの組織、詩や小説や演劇、そして『ジューイッシュ・デイリー・フォワード』などの新聞、であった。

ユダヤ系文学に反映されてゆくように、移民たちは、やがて「隙間産業」へ参入し、社会の発展に貢献してゆくのである。ほかの民族がまだ手を付けていないか、あるいはユダヤ人を締め出すことのない隙間産業には、被服産業、古着商、古物商、廃品回収業、ダイヤモンド産業、映画産業、不動産・建設業、出版業、音楽産業、小売業、保険業、などが含まれてゆく。

このような隙間産業に従事しながら、労働運動によって、搾取工場の労働時間の短縮や職場の環境改善を求め、同郷組織によって、保険制度や埋葬や慈善など、相互援助を発展させたのである。また、一八八九年に創設された教育同盟やセツルメントハウスは、教育の組織を拡充した。一九二九年に始まった世界大恐慌の折にも、このような組織の活動は続いたのである。

一方では、カメラを駆使したジェイコブ・リースの『貧困者はいかに生きているか』（Riis）にも描かれるように、汚れた空気、過酷な労働、結核などの病気、非行や犯罪、あるいは、酒や賭博によって疲弊し、倒れていった人々がいたことを否定できない。また、『ユダヤ人ギャング、アメリカでの興亡』（Fried）が示すように、ユダヤ人が恥とする暗部も存在した。

他方、熱情に燃える移民二世や三世は、彼らの親たち移民一世を苦しめた異なる言語や習慣がもたらす制約を乗り越え、一歩ずつ前進していった。ハッチンズ・ハプグッドの『ゲットーの精神』（Hapgood）が指摘するように、貧民街は、安アパート（テネメント）、搾取工場、ユダヤ教会堂（シナゴーグ）、そして信仰心のある年配者、伝統に反抗的な子供たち、情熱的な社会主義者、労働階級の女性たち、ドイツ系の慈善家などに彩られていたが、その中で切磋琢磨する人々は、精神の覚醒を覚え、強烈な体験を経て、高い希望を抱いていたのである。

こうした状況変化の中で、迫害で母を殺され、ロシアより単身渡米したデイヴィッド・レヴィンスキー（『デイヴィッド・レヴィンスキーの出世』Cahan）は、ロウアー・イースト・サイドで行商を始め、奮闘の結果、遂に被服産業において成功を収めるが、それに反比例して、愛を求める試みはうまくゆかず、かつてユダヤ人町で日々十六時間もの聖典研究に明け暮れていた過去を懐かしく振り返るのである。エイブラハム・カーハン（1860-1951）の長編小説に描かれた移民の物質・精神探求の葛藤は、この後も長く続いてゆくのである。

次に、ロシアよりボストンの貧民街に移住したメアリ・アンティン（1882-1951）は、刻苦勉励する少女の眼を通し、アメリカを教育の機会に恵まれた『約束の地』（Antin）として描いた。教育を受け、魂の成長を望み、理想のアメリカを探求する作品は、ユダヤ系アメリカ人作家として、最初のベストセラーとなった。『約束の地』を通して、不潔で、疑わしく、厄介者だ、という移民への偏見が改善され、理解や同情が深まっていったのである。

一方、ロシア領ポーランドより移民したアンジア・イージアスカ（1885-1957）は、旧世界の男尊女卑、特に父親の専制と闘い、貧民街の貧しい生活の中で新たな言語や文化を学び、本来の自己を求めて奮闘を続けてゆく。彼女の熱情は、アメリカの質を問い、自己と人生を修復しようとする過程で燃えたぎる。『飢えた心』（Yezierska）、『パンをくれる人』、『傲慢な乞食』など、彼女の作品は、女性運動に携わる人々によっても熱心に読まれた。

このように移民の燃えたぎる希望を具体化するための手段は、当時アメリカで整備されていた無料の公教育であった。ユダヤ系の人々は、アメリカ社会に参入するために、公立の学校や図書館を活用し、英語や文化を必死で学んだのである。

すでにアメリカで基盤を確立していたドイツ系によって、前述したように、一八八九年にロウアー・イースト・サイドに創設された「教育同盟」(the Educational Alliance) は、図書館を備え、講演・娯楽・体育設備を持ち、歴史・文学・音楽・科学・裁縫教室などを設置していた。やがて教育同盟の施設が、シティ・カレッジの夜間部に発展し、移民のアメリカ化に貢献したのである。

一般論として、大学教育は、卒業生が社会で遭遇する状況に、対応できる内容でなければならない。まもなく、授業料が無料であったシティ・カレッジにユダヤ系移民の子弟が押し寄せたのである。彼らの増加によって、ユダヤ人に伝統的な「問う姿勢」が顕著になり、それは教育改善に結び付いていった。やがて企業への就職に次いで、教職を目指す卒業生が、一九三五年までに顕著になったという。たとえば、イージアスカの『パンをくれる人』において主人公サラも教職を選び、広い見解や強い使命を持った人が教育に当たらねばならない、と熱情を燃やしてゆく。一方、カーハンが描いたデイヴィッド・レヴィンスキーは、シティ・カレッジに憧れたが、結局、通学をせず、被服産業での成功を目指したのである。

実際、東欧系は、先着のドイツ系との葛藤に悩み、また移民文化と異なるシティ・カレッジの教育内容に苦しみながらも、繰り返し問う姿勢によって、次第に自己の修復を図っていった。『シティ・カレッジと貧しいユダヤ人たち』(Gorelick) によれば、大学教育、職業選択、そしてユダヤ系アメリカ人の社会進出は、連動していったのである。たとえば、シティ・カレッジの卒業生には、『修理屋』などの作家バーナード・マラマッドや、『父祖の世界』を著した批評家アーヴィング・ハウや、『るつぼを超えて』を書いた社会学者ネイサン・グレイザーなどが含まれていた。

なお、シティ・カレッジに加えて、ハンター・カレッジ、ブルックリン・カレッジ、クイーンズ・カレッジが、多くの移民子弟の教育に当たったという。

加えて、アーヴィング・ハウの『父祖の世界』によれば、「移民子弟の英語教育に関して三十―三十五名の生徒を指導する特別学級が二十世紀初頭、ロウアー・イースト・サイドなどに作られた」(277) という。たとえば、レオ・ロステン (1908-1997) の『ハイマン・カプランの教育』(Rosten) では、アメリカ市民になるための準備として、英語学習を目指す三十数名の夜間初級クラスが設立され、ここで裁縫工場の裁断師である四十代の主人公は、質疑応答、語彙拡充、朗読やスピーチ、作文の相互批評、手紙の執筆、詩の暗唱などに汗を流す。この夜間学校は、新来移民やその子弟が英語やアメリカの習慣を学ぶ魅力的な場所として描かれ、そこには良心的な教師も存在している。

ただし、こうした幸運な例を除けば、厳しい現実として、昼間は子供が使用した小机に夜間は大人が窮屈そうに座る光景や、昼間の仕事で疲れた教師が教える暗い雰囲気や、ドイツ系の所有する搾取工場で長時間働き、生活苦で頭を悩ます大人が基礎英語に取り組まねばならない悲哀が想像できよう。しかし、移民の教育や啓蒙に努めたエイブラハム・カーハンは、こうした苦難の中でも、アメリカで生きるために、「英語学習の必要性を誰よりも強調したのである」（『父祖の世界』227-8）。

ちなみに、移民女性の場合は、異国生まれで女性であるという二重の悪条件に苦しむが、二十世紀後半には、アメリカ生まれの女性たちと肩を並べ、公立学校で学ぶようになってゆく（『移民女性たち』Seller, 217）。

一方、大不況を背景にしたマイケル・ゴールド（1893-1967）の『金のないユダヤ人』（Gold, 1930）では、ロウアー・イースト・サイドが野獣の住む密林のごとく描かれ、政治の腐敗、売春、ギャングの抗争が頻発する中で、人々は労働者革命に活路を見出そうとする。ベローと同様にロシアに背景を持つ批評家アルフレッド・ケイジンは、子供時代に（シュテトルのような）ブラウンズヴィルより眺めた摩天楼の立ち並ぶマンハッタンを「異国」のように感じ、ユダヤ人として存続への脅威を感じ、公立図書館で懸命に読書に励む。都市を歩き回り、両親や親族のためにも向上しようと奮闘し、書物を執筆しつつ自己を発展させてゆく(『都市を歩く』Kazin, 1946)。ケイジンは、ベローが『宙ぶらりんの男』(1944)を発表する以前からの知り合いであったが、二人とも大恐慌の時代に青春を送り、世界大戦を経た世代なのだ。

このように、移民の生活を描く作品が次々と発表され、人々はそれを書き、読むことによって、また、長時間労働の後でイディッシュ演劇を観ることによって、新たな状況の意味や自身の立場を理解していったのである。それは、修復の思想に集約されるものであった。

加えて、『ニューヨーク・タイムズ』を含めてジャーナリズムの分野でもユダヤ系は一歩ずつ達成を遂げてゆく。一八九七年に創刊されたイディッシュ語新聞『ジューイッシュ・デイリー・フォワード』は、ユダヤ移民に対して英語学習の重要性やアメリカ社会への同化を説き、搾取工場や貧民街の状況を批判し、労働運動を守り立て、現世の修復を目指すユダヤ系社会主義の意見を表明した。一九〇二年から五一年まで編集長を務めたエイブラハム・カーハンは、移民の案内役となることに尽力した。そして、アイザック・バシェヴィス・シンガー(1904-91)や、その兄イスラエル・ジョシュア・シンガー(1893-1944)など、優れたイディッシュ語作家たちに発表の場を与え、さらに読者を対象とした身の上相談欄「ビンテル・ブリーフ」(手紙の束)を掲載して大人気を博した。

後に本として出版された『ビンテル・ブリーフ』(手紙の束)(Metzker, 1971)には、移民一世が子孫の教育にかけた熱意が読み取れよう。その結果、高等教育を受け医師や弁護士などに出世した子供たちに距離を感じてしまう寂しさや、英語に訛りが抜けない「外国人」として子孫に敬遠される悲しみも吐露されるが、それでも、艱難辛苦を経た移民一世が優れた子供を育て、アメリカ文化を豊かにした事実を忘れてはならない。

やがて、イディッシュ語作家であるショレム・アレイヘム、アイザック・バシェヴィス・シンガー、そしてイスラエル・ジョシュア・シンガーなどは、翻訳を経て英語の読者にも浸透してゆく。一九七八年、イディッシュ語作家として始めてノーベル文学賞を受賞したアイザック・バシェヴィス・シンガーは、ホロコーストによって失われたシュテトルの世界、アメリカの移民社会、そして不条理の世界を描きながら、絶望の彼方に可能性を示唆するその作風によって、ホロコースト以後の世界で読者を魅了してゆく。

ユダヤ系作家たちの作品は、南部文学とも似て、古い世界を回想し、豊かな言語的混交を有し、伝統との乖離や疎外や喪失や修復の課題を描く。移民初期の細部をつづるヘンリー・ロス（1906-95）の『眠りと呼んで』（Roth, 1934）や、その大きな輪郭を提示するエイブラハム・カーハンの『デイヴィッド・レヴィンスキーの出世』（1917）は、繰り返し読まれるべき記念碑的作品である。また、デルモア・シュウォルツ（1913-66）は移民一世と二世の葛藤を複眼思考で表現してゆく。そして、ソール・ベロー（1915-2005）はユダヤ人の古い道、移民の伝統、大都市の風景などを繊細な歴史感覚を持って描出している。バーナード・マラマッド（1914-86）は、ユダヤ人の歴史を背負う人物像、苦難や忍耐の意義、そしてイディッシュ語の物語を英語で書く。フィリップ・ロス（1933-2018）は、メンデレ・モイヘー・スフォーリム（1835-1917）やアイザック・バシェヴィス・シンガーとも似て、ユダヤ人の自己批判や風刺を表現し、中流の郊外族に批判の矢を向けている。

一九三〇年代、『パーティザン・レヴュー』に集う一群の批評家、エッセイスト、ジャーナリストはニューヨーク知識人と呼ばれる。彼らは、アルフレッド・ケイジンが『都市を歩く』(Kazin, 1946)、『三〇年代に旅立って』(1965)、『ニューヨークのユダヤ人』(1978)で綴るような移民体験を共有しており、世俗的で過激な思想や、エリオット、カフカ、サルトルなどヨーロッパ文化人の影響を受け、ホロコースト以後の世界でユダヤ性を問う。

第二次大戦後、ユダヤ系アメリカ人たちは、戦争によって失われた機会を取り戻すべく奮闘した。ホロコーストやその後のイスラエル建国も彼らにはあまり大きな影響を与えなかったかのようである。当時、ホロコーストの意味を探求する者は少数に過ぎなかった。しかし、ようやく一九六〇年代になって、六日戦争、アイヒマン裁判、ヴェトナム戦争の影響を受け、ホロコーストに対する関心が増してゆく。

神との契約に基づいて、ユダヤ人の存在があり、イツハク・ルーリアの神話によれば、人は善行によって、万物に封じ込められた神の聖なる光を集める努力が求められている。しかし、ホロコーストは、神との契約や神による救済を大きく疑問視させる大悲劇であった。ホロコースト以後、契約に基づくユダヤ教の枠組みが試練にさらされ、修復を求める人のさらなる努力が求められてゆく。

大勢の宗教学者を含めて、世界のユダヤ人の三分の一がホロコーストの犠牲となったのである。こうした状況において、ユダヤ人は、絶滅収容所体験の有無にかかわらず、すべて「生存者」であると言えよう。そのなかで、ユダヤ系アメリカ作家たちは、神との契約とホロコーストとの関わりを探ってゆく。

ユダヤの伝統を体験することが断片化している現状において、ユダヤ系アメリカ作家たちは、聖書、救世主、神秘主義思想、神に対する人の試練や善悪の葛藤を描き、文学者のみでなく神学者の関心をも含む内容を描いてゆく。ベロー、マラマッド、シンガーらの作品は、神との契約に基づく生活の可能性を求め、絶望を拒否してゆく。

小説家は、神学者も兼ねて、暗い時代の複雑な人間性を深く豊かに描き出す役割を担っている。歴史を振り返れば、ユダヤ人は、ローマ軍や十字軍やコサック兵の襲撃、そしてホロコーストを経て、それらを耐え忍び、死に絶えてはいないのだ。ホロコースト以後、ユダヤ人が信仰を捨てることは、ヒトラーに「死後の勝利」をもたらすことになろう。したがって、アウシュヴィッツ以後、ユダヤ性の存続がことさらに重視される次第である。アウシュヴィッツ以後、狂気なくしては健全もあり得ないが、安易に信仰したり、あるいは信仰を否定することを避け、苦難を受けつつも神に抗議するヨブの態度を取り入れてゆく。執筆は、犠牲者を忘却の淵から救い上げる行為となり、ホロコースト以後、ユダヤ民族の結束・存続・生の尊厳に関して契約を再吟味してゆくのである。こうした状況を、『現代ユダヤ系文学に見るユダヤ教の試練』(Knopp, 1975)、『新たな契約――ユダヤ系作家とアメリカの思想』(Girgus, 1984)、そして『危機と契約――アメリカのユダヤ系文学に見るホロコースト』(Berger, 1985) は、辿ってゆくのである。

ホロコースト生存者・作家であるエリ・ヴィーゼル (1928-2016) は、『夜』(Wiesel, 1958)、『エルサレムの乞食』(1970)、『忘却』(1992) を含む多数の作品によって、文明の崩壊と修復の可能性をつなぐ橋のような役割を果たしている。一方、ホロコーストを実際に体験していないユダヤ系作家たちは、「想像力を用いる間接的な目撃者」として執筆するのである。ホロコースト以後、アイヒマン裁判、「第二のホロコースト」と危惧された六日戦争、そしてヨム・キプール戦争を経て、ユダヤ系作家の作品には、神との契約に関わる人物が登場してくる。彼らは、物語を語り解釈するのみでなく、預言し警告する小説家の役割を果たしてゆく。ホロコーストを背景や基準にして創作し、人類の修復のために執筆を続けてゆく。

ホロコースト以後、ユダヤ人はいかに生きることが可能か。生き残った人々のトラウマや忍耐が、イスラエルと流浪という緊張の狭間で描かれる。作家は、ホロコーストによって、人間の野蛮性と忍耐力という複眼思考を獲得し、また物事を深く探る視力の増進を得てゆく。世界修復の仕事は終わることがなく、生存者の奮闘は続いてゆく。

3　都市より郊外へ

やがて、ソル・ギテルマンの『シュテトルより郊外へ』（Gittelman, 1978）に詳述されるように、成功したユダヤ系アメリカ人たちは、一九六〇年代より郊外へと移って行く。歴史を振り返れば、それは、東欧に点在した小さなユダヤ人町（シュテトル）で細々と暮らしていた人々が、アメリカの都市の貧民街で奮闘し、ある程度の成功を得て、郊外へと移っていった道のりであった。

すなわち、一八八〇年代よりの流入に始まり、マイケル・ゴールドが『金のないユダヤ人』（Gold, 1930）で描いた一九三〇年代の大恐慌を経て、三〇年代末より五〇年代半ばにかけて、ロシア、ハンガリー、ポーランドなど東欧系ユダヤ人は、他のどの移民集団にも勝る速度で、中流への階段を駆け上がっていった。「その上昇の度合いは、他の民族集団の二倍に匹敵した」(『父祖の世界』141)。また、「医療や法律の分野では、ユダヤ人の数は、非ユダヤ人の二倍に、歯科医の分野では三倍に達した」(同上 167)という。成功の要因としては、移民やその子孫が多言語・多文化の中で培った思考、逆境で鍛え上げた精神、学問に対する飢えた心、理想と現実の狭間を埋めようとする熱意、故郷と呼べる場所への憧れ、そこで積極的な貢献を目指す意欲、などがあったであろう。移民一世は、旧世界のしがらみなどのゆえに、期待通りに向上できず、苦闘を強いられたが、二世や三世は、成功の象徴として、混雑した都市から緑豊かな郊外へ移動し、そこで新たな生き方を求めてゆくのである。しかし、移民の雰囲気にあふれた都市で育った彼らにとって、郊外生活に適応しようとすれば、必然的に苦難が伴う。

その一例として、ブルース・ジェイ・フリードマン(1930-2020)の『スターン』(Friedman, 1962)を眺めてみよう。ブルックリンの三部屋で育った三十六歳の主人公は、妻子とともに郊外へ引っ越す計画を立てるが、宅地の購入が成立した時に住み慣れた都市を離れる恐怖を感じ、非ユダヤ人が多く住む新たな環境を周辺人の目で眺めてしまう。

スターンは最初、部屋数の多い新居や広い芝生で妻子と戯れるが、入居して一ヶ月後、毛虫の大群が植木の半分を枯らしてしまう。また、息子は遊び相手が見つからず、妻も友人ができず、気持ちがすぐれないうえ、主人公にとって職場への通勤は往復三時間に伸びてしまう。結局、一家は郊外で孤立生活を強いられるが、やがて近所の異邦人が妻に侮辱行為を働き、その対応に追われる精神的な負担によって、スターンは胃潰瘍や神経症に苦しむことになる。『スターン』は、こうした不条理な状況に直面せざるを得ないユダヤ系郊外生活者の悲喜劇を描いた作品である。

『スターン』に見られるように、当然、都市より郊外への移動に伴って、ユダヤ文化に関わる生活が変貌してゆく。たとえば、シナゴーグは、礼拝所、コミュニティ・センター、交際場所、日曜学校、若者の溜まり場など、近代的で多目的な場所となってゆくが、ユダヤ人の新年（ロシェ・ハシャナー）や重要な贖罪日（ヨム・キプール）を除けば、そこへ集う人は少ない。こうした郊外のユダヤ社会を取り巻く変容は、たとえば、ハリー・ケメルマン（1908-96）の『金曜日ラビは寝過ごす』（Kemelman, 1964）で開始されるラビ・スモール・シリーズ（全十二巻）にも読み取ることができよう。ラビは、ボストン郊外に住む人々の宗教行事への無関心やユダヤ教の知識の貧困を陰で嘆くのである。

家庭では、ユダヤ教の伝統が希薄になり、宗教行事は守られず、祈りは忘れられ、ヘブライ語に無知となってゆく。子どもたちは日曜学校で学ぶユダヤ文化に関する知識と、家庭で目撃する現実との落差に不安や不信を募らせてゆく。そこで、人々はとりあえずシナゴーグの会衆となり、子どもたちを日曜学校へ通わせ、イスラエルに寄付し、異宗教間結婚に異を唱えるのである。成人式（男性のバル・ミツヴァーと女性のバト・ミツヴァー）や結婚式は贅沢になり、カントリー・クラブや個人の住宅は豪勢になるが、そこには卑俗さが漂う。

こうして郊外のユダヤ人社会は多くの批判を受けながら二十世紀後半より繁栄し、さらに変貌を重ねてゆくことであろうが、二十一世紀にいかなる意味のある修復が可能であろうか。

ユダヤ系市民は、彼らの利益や存続を可能にするような、個性や自由を守る思想を支持し、恵まれない他の少数民族を支援してゆく。彼らにとっての重要課題は、反ユダヤ主義への対応、ホロコースト追憶の継承、そしてイスラエルの存続である。一九四八年に誕生したイスラエルは、ホロコースト生存者や迫害を逃れるユダヤ人にとって、新しい人生を打ち立てる場所となった。彼らは、もはや彷徨えるユダヤ人ではない。イスラエルは、国際的な勢力地図の中で、アメリカ軍に依存する現実路線を歩まざるを得ないが、国家となったイスラエルは、多数のユダヤ人をガス室に送ったアイヒマンを裁判にかけ、エチオピアなど北アフリカの困窮ユダヤ難民に救いを差し伸べ、ロシアで迫害される同胞を救出することが可能となる。一方、アメリカのユダヤ系市民にとっては、イスラエルのユダヤ人と共通する移民の過去や、共通するかもしれない危険な運命が、彼らのユダヤ性を維持するのである。彼らはイスラエルの存続を不可欠であると思い、アメリカにおいてさえ反ユダヤ主義が再燃するのではないかと警戒を怠らない。ブルックリンなどに住むハシディズム信者たちは、長い黒衣に身を固め、宗教的な要素を堅持している。ただし、年老いたユダヤ系市民は、たとえ社会保障によって安楽な生活を送っていても、自らの過去との乖離に寂しさを覚えるのである。それは、デイヴィッド・レヴィンスキー（『デイヴィッド・レヴィンスキーの出世』）の思いに通じるものかもしれない。

振り返れば、東欧移民たちは精神的にも物質的にもまともな生活を営みたいという願望が強く、それがシュテトルでの閉塞的な生活からの脱皮や、歴史への積極的な関与や、政治参加や、シオニズム運動と結びついた。しかし、一方で彼らを結束させていた共通の生活様式や伝統や言語は変貌してゆく。今日の時点に立って歴史を振り返り、父祖の世界を眺めたとき、いかなる良い生活の基準をそこから学べるであろうか。移民が東欧より持ち込んだ倫理観と、アメリカでの社会改革の希望が結びついたところに、望ましい生活様式が生まれるのであろうか。そこではユダヤ人の伝統、古い道を重視するとともに、それを建設的に継承する態度が求められてゆくであろう。

移民生活の変遷を辿った『父祖の世界』において、ユダヤ系市民は、「少数民族に対する特別な配慮は不要であるが、事業・教育・文化面などで平等に競える条件さえ保障してもらえれば、対応は十分可能である」（『父祖たちの世界』411）と言う。それは、逆境で切磋琢磨してきた彼らの自信と言えるであろう。それは、移民やその子孫を描く、ソール・ベローを含むユダヤ系文学の中でも具体的に反映されてゆくことになる。

それでは、ユダヤ系文学に窺える修復の思想を概観した後で、ノーベル賞作家ソール・ベローの作品に焦点を当ててゆきたい。

第2章　修復の思想と『宙ぶらりんの男』

1　はじめに

知的なユダヤ系の若者ジョウゼフを主人公としたソール・ベロー（1915-2005）の処女作『宙ぶらりんの男』（1944）の時代背景は、いかなるものであろうか。

それは第二次世界大戦（1939-45）に見舞われており、十八年もアメリカに住みながらカナダ国籍であるジョウゼフは、徴兵に手間がかかり、失職した宙ぶらりんの状態で、一九四三年を迎えている。彼は個を押しつぶす時代に巻き込まれながらも、「まともな人は何をなすべきか」（39）と問い、根本的な人間性を思い、自己を掘り下げようと試みるのである。ホロコーストを生き延びた精神科医ヴィクトール・フランクルも説くように、「人は人生に意味を求める存在なのだ」（『意味への意志』Frankl, 1969）。

しかし、日本文学でも五味川純平の『人間の條件』（1956）や井伏鱒二の『黒い雨』（1970）や三浦綾子の『銃口』（1998）などに見られるように、個人の将来を思い、長期計画を立てることが極めて困難な時代である。戦争によって運命を翻弄され、個人の未来をあきらめねばならない人が続出しているのだ。

しかし、個の尊厳を無視するような時代であるからこそ、その反動として、ジョウゼフは個の運命を模索し、自己を掘り下げることを止めない。彼が、自己を重視し、その個性を生かそうと努めていることは、いかなる状況であれ、この世に生まれた人として当然であろう。たとえば、ユダヤ系の精神科医エーリッヒ・フロムも述べるように、「人がやらねばならないことは、自分自身を生み出すことであり、自分の可能性を引き出すこと」(『人間における自由』Fromm, 237、『正気の社会』276) なのだ。ジョウゼフという人間は、他に存在しない。これまでいろいろな事故や病気を乗り越え、ジョウゼフという個人を発展させてきたのである。戦争でさえも「事故」と見なす彼は、宙ぶらりんの状態であるが、自己を充足させる試みに挑みたいのだ。多くの偶然を経て、この世に生を受けたこと自体が、大変な奇跡であり、幸運である。それでは、なぜわれわれはここに存在しているのか。その一つの答えは、現世を少しでも修復することである。

ジョウゼフがこのような気持ちを抱く根底には、無意識的にもユダヤ教の伝統が根付いているのであろう。すなわち、「ユダヤ教は、戒律によって、いかにより良い人生を営むかという具体的な教えである」(『ユダヤ教入門』Blech)。

ベローの作品は、子供時代に精神的な指導者ラビになることを期待され、ユダヤ教の影響を受けた人が、その後の人生において遭遇する状況の中で、いかに自己を掘り下げ、存続を求めてゆくのか、という展開を示してゆく。

2　ジョウゼフの過去と現状

それでは、二十七歳になったジョウゼフの過去と現状は、いかなるものであるのか。

彼は、これまで生涯の運営計画を作成し、それに従って周囲の人々を含めた人生を営もうと努めてきた。非常に計画的な人間であった。ところが、非日常的な戦争、軍隊生活、そして（虐殺を表わす彼の悪夢が示唆するように）死の危険に直面しようとするとき、計画的な人間がこれまで大切にしてきた行動様式が崩れてゆく。

それを一言で言えば、多くの面にわたって、宙ぶらりんの状態に陥ったのである。自己のアイデンティティはあいまいになり、革新的であった以前の自己は今では自らあざ笑いの対象になり、精神的に堕落した現状は「戦争の精神的な犠牲者」（18）の姿を呈している。

さらに、職業・研究・人間関係など、すべてが宙ぶらりんである。入隊を控えているので定期的な仕事に就けず、図書館に勤める妻アイヴァの給料に頼って暮らさざるを得ない。これまでアイヴァを自分の計画に従って導こうと努めてきたが、彼女にはその資質がないとあきらめ、そこで結婚生活の核が失われ、妻に対する関心が薄れてゆく。

生活費を切り詰めるために引っ越した下宿屋の一間で、日に十時間も独りで過ごしているが、せっかくの自由を活用できない。ジョウゼフにとって（そしてベローのほかの主人公たちにとって)、自由を活用するとは、精神的な発展を伴うものであるが、宙ぶらりんの彼には、そのための方向性と集中力が欠けているのである。フロムは「十分に成熟した人となって始めて、自由を実り豊かに活用できる」(『正気の社会』72)と述べているが、ジョウゼフはまだその段階に達していない。

彼は、自らを「学者」と見なしていたが、現在、日記をつける以外は、有意義な読書や執筆もままならない。十七~十八世紀の合理主義哲学者たちを研究し、その伝記的エッセイを執筆するという企画は、合理主義に対する信頼の欠如が生じ、破綻している。真剣な研究を継続し、それによって自己の内面を探るためには、多くの精力が必要であるが、残念ながら、現在のジョウゼフには、そうした気力が欠けているのである。実際、まともな読書には身が入らず、代わりに二種類の新聞を隅々まで読んで時間をつぶすありさまである。その結果、新聞を通して俗世間の些事や雑事が大量に侵入してくるために、精神が混沌とし、集中心がさらに萎えている。

ジョウゼフは、毎日が同じことの繰り返しで、「日々の違いが無くなった」(81)と嘆いているが、その単調さを少しでも改善しようとする工夫すら見出せない。ただ、内面にくすぶる怒りをささいなことで爆発させ、その日を印象付けようとするのみである。

3　修復の試み

ジョウゼフにとって、「本来のあるべき姿」に近づこうとする試みが、修復への道である。それを外れた生き方をいくら求めても、成果は虚しいであろう。しかし、戦時下の状況において、修復への道は険しい。

自己を含めて周囲に次々と不合理なほころびが生じ、かつての計画に基づいて、理想的な精神の共同体を築こうとした仲間たちとも、疎遠となっている。また、差別と迫害の歴史をくぐってきたユダヤ系の一人として、社会変革を求め、共産主義に没頭した時期もあったが、今ではその同志とも没交渉である。さらに、物質主義者である兄エイモスの家族や、妻アイヴァの親族ともうまく交われない。結局、ジョウゼフは、自分の期待を裏切ったこれらの人々に怒りを宿しており、わずかなことで、その怒りが爆発する。

加えて、差別と迫害の歴史を経てきたユダヤ系として受け継いだものであろうか、また、現在の自己意識の低下に起因するものでもあろうか、ジョウゼフは、「他人によって軽視されることに、激しい怒り」(147) を覚える。姪のエッタや、かつての共産主義の同志や、銀行員などとの争いが、それを明示している。それは、ベローのほかの主人公にも見られる傾向であり、やがて彼らは、『フンボルトの贈物』(1973) のシトリンを含めて (34)、軽視された折の怒りを自らの向上へと昇華させてゆくが、若いジョウゼフの場合、まだその糸口がつかめていない。

人の内面を抑制する当時のハードボイルドの風潮に逆らい、「内面の違い」を重視するジョウゼフは、前述したように、自己を掘り下げ、自己と対話し、正気を守るために日記をつけているが、そこには、せっかくの自由を活用できず、有意義な共同体から切り離され、精神的に堕落した宙ぶらりんの男の苦悩がにじみ出てくるのだ。

ちなみに、これは、ジョウゼフが憧れる、人生の本質を求め、森で独居し、日誌をつけていた十九世紀の文人ヘンリー・デイヴィッド・ソロー（1817-62）の状況とは、異なるものである。それでも、ソローに憧れる気持ちや、人生の本質を見据えて生きようとするソローの姿勢は、ベローの作品でしばしば言及されてゆく。

誰にとっても、生産的であることが、自信につながり、自由の活用をもたらし、幸福を生み出す根源であろうが、残念ながら、ジョウゼフの場合、生産的な日常生活を営んでいるとは言い難い。また、人は、適した組織に属し、好きな仕事に打ち込めるならば生き甲斐を感じられようが、ジョウゼフの場合、疎外され孤立した状態である。

変化のない失業の日々、妻の働きで生きている状況、外食のみの生活、周囲の人々との齟齬、研究の中断、不安定なアイデンティティ。これらがジョウゼフの精神を萎えさせているのである。

人は、宙ぶらりんの状況に陥っても、もし未来を信じることができれば、なんとか状況を抜け出せるかもしれないが、ジョウゼフの場合、戦時中であり、未来を信じることは至難である。

実際、いったん挫折したジョウゼフであるが、彼は共同体の構築に憧れており、その必要性は、ますます増しているのである。人は、複雑な相互関連で構成されている社会で生きてゆくうえで、共同体は必要である。共同体の中で自分の強みを発揮し、自分の熱中できる対象に没頭し、人生を営んでゆくのである。ベローは、『ソール・ベローとの対話』（1994）においても、「本当に素晴らしい人々が集えば、豊かな共同体になる」（107）可能性を述べている。

宙ぶらりんの状態にいるジョウゼフにとって、画家である友人ジョン・パールの存在はうらやましいことであろう。芸術的な想像力を通して、世の中で最良の人々と、愛に基づく精神の共同体を構築できるからである。精神の共同体の修復は、ベローの作品で引き続き求められてゆく。

4　ジョウゼフを支える思想

人は、存続するために、支えとなる思想が必要である。それでは、逆境に佇む宙ぶらりんの男を支える思想は、精神の共同体の修復に加え、何であろうか。

まず、『ウォールデン』(Thoreau, 1854) を愛読し、妻にもソローを読むよう勧めるジョウゼフは、最低限の衣食住を満たせば満足であり、その上で、高次の精神生活を求めようとするのである。実際、一間きりの下宿で暮らし、質素な衣服をまとい、(次作『犠牲者』の レヴェンサルも同様であるが、自炊する考えはなく) 安い食堂で食事を済ませている。周囲を物質で囲む生活は、不要物を抱え込むことになるが、精神の向上を目指す生き方は、存続に不可欠な要素で人の魂を満たしてゆくのである。ソローのような高次の精神生活は、人の理想であろうが、ジョウゼフは、それを大戦中に、宙ぶらりんの状態で求めようとしたのである。彼は、「価値ある思想の有無によって人を分けている」(152) が、それは精神生活を重視している故であろう。

一方、兄エイモスは、裕福な女性と結婚し、物質的な成功を尊び、弟にも同様の生き方を促す。このように、弟は精神探求を、兄は物質探求を、という対比は、ベローの作品で繰り返されるが、かつて『デイヴィッド・レヴィンスキーの出世』(Cahan) が提示した物質と精神の問題が永遠に問われているかのようである。

次に、「人が所有する物はすべて宇宙の創造主からの借り物である」(『万人のタルムード』Cohen, 219) というが、ジョウゼフは神への態度がまだ明確でないので、「身体は、父祖からの借り物である」(76) という思想に落ち着く。この思想は、民族の結束を重視するユダヤ性の表われかもしれない。人は、父祖から子孫へとつながる鎖の輪の一環であり、肉体は、ひと時の「借り物」であるから、大切に扱わねばならない。この思想は、精神の共同体の構築へと集約されてゆくであろう。

その共同体の中で、人は、偉大な他者の例より学び、それに自己の特質を加えてゆく。妻との関係に核が失われたジョウゼフは、旅行関係の仕事で知り合いになったキティと情事を重ねるが、やがて「どん欲にすべての可能性を求めようとする限界」を悟り、浮気の関係を清算しようとする。これは、友人アブトの生き方から学んだことかもしれない。

アブトは、優れた男であり、偉大さを求めて奮闘するが、理想に到達できないと悟った時、遅れに対する苛立ちで身をやつす。人間としては面白いが、「個人的な運命」を求めて、無駄を省き、その可能性に一歩でも遅れを取ることを許さず、自分の過ちは何でも認めない。このように頑なで張り詰めた気持で生きていたら、長続きしないのではないか。

そこで、人として最大の可能性を追求することと、どこかで折り合いをつける、という調整は、『ハーツォグ』(1964) を含めたベローの作品で繰り返されてゆく。実際、ジョウゼフは、「際限のない欲望に対して、その無謀さを抑制すること」を学んだはずであるが、後の作品でもこれに関する試行錯誤は絶えることがない。

また、主人公を支える別の要素として、ベローは諸作品において、子供時代を過ごしたモントリオールやシカゴの貧民街を懐かしく回想している。それは、多民族・多言語の環境であり、貧しくとも家族愛にあふれ、活力があり、現実感に満ちた場所であった。

ジョウゼフにとっては、子供時代を過ごしたモントリオールの貧民街である聖ドミニク街の思い出が強烈に残っているようである。そこは、貧しくとも生の息吹が感じられ、現実と向き合う場所であったという。ただし、貧民街に対する懐かしさは、ジョウゼフのみの心情ではあるまい。それは、『ハーツォグ』の主人公や、ベローのあとでノーベル文学賞を受けたアイザック・バシェヴィス・シンガーにとってのワルシャワの貧困地区や、移民作家アンジア・イージアスカが『パンをくれる人』で懐かしく回想する貧民街（223）にも当てはまるものであろう。この点で、多くのユダヤ移民が生活の向上を求めながら過ごしたマンハッタンのロウアー・イースト・サイドは、今日ではユダヤ系アメリカ人にとって「聖地」として崇められているという（『ロウアー・イースト・サイドの思い出』Diner, 2000）。実際、貧民街は、成長を求める多くの宝を秘めているのである。後にベローが『ユダヤ短編傑作選』（1963）の序文で説く思想は、貧民街に対するユダヤ移民の気持ちをより発展させたものかもしれない。「入手可能な手段によって、われわれの条件を可能な限り利用する。われわれはあるがままの玉石混交を、その不純を、その悲劇を、その希望を受け入れなければならない」(16)。

さて、大戦の時代に、ジョウゼフは宙ぶらりんの状態で、いわば独自の運命を求めようとしたが、それは果たして可能か？　周囲の人々やその環境と複雑に結び合っている状態で、例外的に独自の運命を求めることは、可能か？　ここに、このような時代に生まれ落ちた人の悲劇がある。

全体的に困難な時代であるから、それが個々に悪影響を及ぼし、ジョウゼフを含めた個人は、思うような言動をとることができない。多くの要素が複雑に絡み合っているので、その中で個人の生活を探求することは至難である。かけがえのない個人の独自性を求めてゆくことは望ましいが、戦争を背景とした時代に、個人の選択を求めることは本当に難しい。人間として生きようと努めているが、戦時中の時代の雰囲気が内面化しており、矛盾や弱点が次々と浮かんできて、生活を妨げ、将来への展望が見えない。

そして、将来の目安がなく、目的意識も希薄であり、不安な状況にいると、物事に集中できない。ジョウゼフは、徴兵に応じると決定してから、ようやく一日中読書に専念できたのである。

結局、ジョウゼフの宙ぶらりんの生活は、思うような成果を挙げることができず、行き詰まってしまう。そこで、好ましくない選択でも、最後には受け入れざるを得なくなる。彼は、これから、軍隊に入り、そこで存続をかけ、生きて戻ることができたならば、計画を立てて生きる人間として、また戦後の生活を営んでゆくのであろう。戦争体験が、人の生涯に大きな建設的な意味を持ちうる場合もあるかもしれない。

5　ジョウゼフの今後

ジョウゼフが戦時中に宙ぶらりんの生活を試みた結論は何であったか。せっかくの自由を使いこなせず、読書や研究に集中できず、独自の存在を追及することは中途半端に終わり、そこで自己を軍隊にゆだねる結果となってしまう。軍隊に入り、そこで生き抜くことができたならば、再び本来の生き方を修復してゆかねばならない。

一方、ジョウゼフの入隊後、アイヴァは、実家に戻ってゆく。ジョウゼフが病気になった時、アイヴァは細やかな配慮を示し、二人の間に親密な感情が通う瞬間はあったが、問題は、夫婦を結び付ける「核」が欠けているのだ。ジョウゼフが求めている高次の精神を獲得しようとする能力が、アイヴァには欠けているのではないか。もっとも彼女はまだ若いので、望みが無いわけではないが、ジョウゼフも感じているように、元来、そのような資質に欠けているのかもしれない。兄エイモスの妻は、裕福な家庭の出身であるが、アイヴァは普通の一般家庭の娘である。アイヴァの両親は、別に知識人というわけではなく、アイヴァ自身に取り立てて特質が見られるわけではない。

生きることに関して計画を立てることが好きなジョウゼフにしては、結婚相手をアイヴァに決めたことは、やや軽率ではなかったか。

結婚生活を維持する要素は、夫婦を結び付ける何か精神的な要素、二人の共通の探求や思想や体験ではないであろうか。夫婦を長く結びつけるものは、共に成長してゆくという態度ではないだろうか。それが、互いに対する興味を失わせることなく、夫婦の絆を維持してゆく要素ではないか。

ところが、ジョウゼフたちの場合、夫婦で互いに高め合ってゆくのではなく、長年、ジョウゼフがアイヴァを圧倒してきた。アイヴァはそれに逆らう段階に至っている。これは、共に精神的な高みを目指す家庭ではない。

ジョウゼフが戦争を生き延び、その後、高次の精神生活を探求してゆくならば、おそらく平凡な女性に過ぎないアイヴァとの精神的な溝が開いてゆき、二人の結婚生活に破綻が生じてくるかもしれない。それは、たとえば、あとになって、『フンボルトの贈物』（1973）で、シトリンとネイオミが一緒になった場合の不調和と争いを連想させよう。

一方、ジョウゼフの仕事は、観光会社の勤務であるが、それは彼が生きる上で重視している原則といかに関わるのか。ジョウゼフは計画的な人間であったはずであるが、結婚相手と職業の選択に関しては、上首尾とは言えない。職業の選択が今後の大きな課題になることであろう。もっとも、彼が日記や合理主義哲学者たちの自伝的なエッセイを書いている姿を見れば、やがて執筆者、作家へと向かうのではないか、という予測は的を射ているかもしれない。

6　おわりに

ジョウゼフは軍隊経験を経て、自己を鍛え、変貌してゆくのであろう。戦争を生き残ったならば、再び自己の生活を築いてゆくのである。病気や危険や事故などをくぐって、大切な自己を維持し、存続しなければならない。これは、『ウォールデン』冒頭において同様に、自己を語ることを明言し、結論において、「自己を深く掘り下げてゆけば、無数の未開拓の部分があるのだ」と述べるソローを連想させよう。

ところで、ジョウゼフという名前だけが明かされ、苗字は最後まで言及されない。それは何を表わしているのか？　人間関係が希薄になって、独りで逆境に放り出されているということか。戦時中には、十分な個の発達は無理であるということか。あるいは、個人的な運命を求めることは至難であるということか。宙ぶらりんの状態で、それらを求めようと模索しても、結局、空回りしてしまう。最後には、軍隊に志願するという形になってしまう。

ベローの処女作が『宙ぶらりんの男』と題されたことは、その後の作品を考える時、象徴的ではないだろうか。物質探求と精神探求、生と死、現世と来世、都市と自然、孤立と共同体、合理主義と神秘主義、宗教教育と世俗の教育、白と黒、知識人と犯罪者、など。これらの対照に、人はいかに対応してゆくのだろうか。ひとつには、物事はすべて白か黒かと割り切ることはできない。中間色がいろいろあり、それをユーモアを持って眺めることが、生涯を渡る際に有益ではないだろうか。

『宙ぶらりんの男』を始めとしたベローの作品は、ユダヤ系アメリカ人が存続を求める物語であり、その過程でアメリカという国の変容が描かれ、さらにそれに対するユダヤ系の批判や修復の試みが述べられてゆくのである。

第3章　対立の果て――『犠牲者』

1　はじめに

第二次大戦において、徴兵に至るまでの若者の苦境を描いたソール・ベローの『宙ぶらりんの男』（1944）に続いて、『犠牲者』（1947）は何を語る作品なのであろうか。それは、ジューヨーク（ユダヤ人のニューヨーク）と異名をとる大都市におけるユダヤ系アメリカ人の生きる奮闘を描き、犠牲者の状態から修復を図ってゆく物語である、と言えようか。

アーヴィング・ハウの『父祖の世界』（Howe, 1976）やハワード・サチャーの『アメリカのユダヤ人の歴史』（Sachar, 1992）によれば、主人公エイサ・レヴェンサルの父親が営んでいた古着商、そして主人公が体験する古物商の助手、百貨店地下での販売、安ホテルの受付、公務員、そして古物商に関わる商業雑誌の編集は、ユダヤ系の人々が多く従事していた職業であるかもしれない。紆余曲折を経た主人公は、結局、自らに適した組織に所属し、自分の強みを生かせる職業に従事し、徐々に自己評価を高め、苦境から脱してゆくように思える。

本章では、『犠牲者』におけるユダヤ系のレヴェンサルと、ワスプの名門出であるというオールビーの対立に関わる要素を探ることによって、彼らの修復の過程を辿ってみたい。

2　レヴェンサルの不安の要因

まず、レヴェンサルが抱える不安な心理は、カービー・オールビーの無体な非難に動揺する前提となっているであろう。仮に彼が確固たる心理状態であったならば、無理な批判を最初からはねつけていたかもしれない。

そうした彼の不安の要因としては、家庭環境、職業体験、結婚生活などが考えられよう。彼が育った家庭環境は、不遇であった。父は、ユダヤ人差別に対抗して、世間を敵視し、利己的であり、金銭を唯一の味方にし、古着商として生涯を終えた。一方、母は、レヴェンサルが八歳、弟マックスが六歳のころ、家から姿を消し、精神病院で「狂死した」と父に告げられているのである。これは、子供たちにとって、いかに衝撃的なことであっただろうか。さらに、高校を中退した弟マックスとは疎遠であり、会話を交わしたことはほとんどなかったという。こうしたわびしい家庭環境が、自分や他者に対して、レヴェンサルが心を閉ざしている要因となっているのであろう。

さて、彼は、高校を出て、親戚の伝手で古物商ハーカヴィの助手を務め、主人の援助で夜間大学に通い政治を学んだが、成績は振るわなかった。やがて主人の死去と共に古物商を辞め、百貨店地下で靴を売り、あるいは、ロウアー・ブロードウェイの安ホテルで受付をしていたころ、敗残者に身を落とす寸前であった。それを辛うじて逃れ、公務員になり、さらに紆余曲折を経て、現在の商業雑誌の編集に就いたのである。多くの失敗の後、敗残者の境遇を紙一重で免れたことは、一種の後ろめたさを伴い、状況が再び暗転するのではないかという不安が付きまとう。失敗の多い人生は、彼の自己評価を高めることはない。

ちなみに、作品中の主要人物であるレヴェンサル、マックス、ハーカヴィ、ウィリストンの住居格差は歴然としているが、主人公の場合、四階の部屋までの狭い階段を上り下りしながら、人生の浮沈にしばしば脅えていたのかもしれない。

家庭においては、妻ある男性と交際していたメアリと紆余曲折の果てに結婚し、現在、彼女は彼の不安を和らげる存在であるが、その妻が実家の用件で南部に長く帰郷しており、寂しい日々を送る彼は、家事も不慣れであり、自炊もできず、幻影が浮かぶほど不安が増している。

一方、職場では、編集は適職であるものの、上司は、反ユダヤ的な言動を繰り返し、職場に心を許せる同僚はいない。

3　レヴェンサルとオールビーの対立

こうした不安な状態にいるレヴェンサルに、疎遠だった弟マックスの次男が重病になり亡くなってゆくことと、数年ぶりに現われたオールビーが非難を投げかけてくるという事態が、次々と襲い掛かるのである。

弟は南部に出稼ぎに行っており、残されたイタリア系の妻で興奮しがちなエレナは、迷信深く、病院を恐れて子供の入院を躊躇し、その間、次男の病状は深刻になってゆく。エレナは、子供を心配し、母親の愛情によって、家庭で看護婦より巧みに世話をしているつもりかもしれないが、反面、暑い時期には料理に手抜きをし、重病の子供を締め切った部屋に寝かせ、酷暑の中で子供に二枚の毛布を掛けるなど、誤った考えに基づいて看護をしているのではないか。これでは、かえって子供の害になるであろう。厳格なカトリック教徒であり、迷信深いエレナの老母も、レヴェンサルの不安を募らせている。

一方、亡くなった古物商の息子ハーカヴィも指摘しているように、レヴェンサルはうまく自己管理ができていない。不安を抱えた状態であるから、物事を実際より悪く、悲観的に解釈しがちである。自分に対しても、他者に対しても、妻を除けば、開放的でなく、周囲の出来事に無関心を装い、身近で問題が起こることを恐れている。

こうして突発的な出来事に動揺しがちな状態にいるとき、かつての知人オールビーが数年ぶりに現われ、自分の没落の原因はすべてレヴェンサルにある、と攻め立てるのである。それでは、オールビーの現状はいかなるものであるのか。上層階級を形成していたワスプの名門出であるのに、時代の変化によって物事が思うように運ばないことに嫌気がさし、飲酒癖がつき、そのために失職し、妻は去っていった。その妻を交通事故で亡くし、妻が残した保険金を使い果たし、住んでいた安宿を追い出され、野宿せざるを得ない状態である。妻の親族には最初から嫌われ、昔の友人には恥ずかしくて会うことができない。

これほど落ちぶれる前に、オールビーにも打つ手があったと思われるが、名門出であるがゆえに抜きがたい習慣が、人生の修復を妨げている。いまや所属すべき組織もなく、頼れる人もなく、打ち込む対象もない。

落ちぶれたオールビーは、長く悶々と考えた挙句、失職の原因となったと思えるレヴェンサルを責めるよう決心したのであろう。没落の責任をすべてレヴェンサルに押し被せようとするオールビーの言動に問題がないとは言えないが、彼が話す内容は、『この日をつかめ』(1956)のタムキン博士のように、それなりに真実を含んでおり、不安定なレヴェンサルはそれを一方的に拒否することができない。また、レヴェンサルは、「存在に対する奇妙さ」(288)を常に感じており、住居のプエルトリコ系管理人の犬に好かれるような優しい面もあるゆえに、自分が陥っていたかもしれない悲惨な敗残者を思わせるオールビーの要求を、一概にはねつけたりしないのであろう。ちなみに、「人が動物をいかに扱うか、それはその人の性格を表わすものである」（『万人のタルムード』Cohen, 235）という。

それでは、オールビーは、レヴェンサルに何を求めているのか。昔の友人たちには合わせる顔がないオールビーは、不満のはけ口をレヴェンサルに求めるしかなく、彼の反応を窺いながら、具体的な要求を決めてゆこうとしているのではないか。

ところで、オールビーの厚かましい言動は、ふとユダヤ人の乞食を連想させよう。ユダヤ人の乞食は、「施しをすることは、善行を成し、神に近づく道なのである」という論理によって、堂々と施しを求めたという。これは、レヴェンサルも他人を助けることによって、得られるものはあるのだ、というオールビーの理屈につながるであろう。オールビーは、ある意味で、レヴェンサルに人として正しい行為を成す機会を与えようとしているのかもしれない。込み入った要因があったとはいえ、オールビーが失職し、没落したのは、（不遇であったレヴェンサルの就職を助けてくれたワスプの恩人ウィリストンも言うように）レヴェンサルの言動も間接的に関わっていたのかもしれないからである。

また、落ちぶれても知識の豊かなユダヤ乞食は、施してくれる人と対等にタルムード論争を展開したというが、かつては優れた頭脳で旺盛な読書をしていたというオールビーも援助を求めていながら、それを（読者にとって興味深い）論争形式によって進めてゆこうとしているのである。

一般論として、世界には、人が群がり、死者でさえ積み重なって埋葬される状態である。混雑し混乱した状況で、誰もが良い場所を求めて奮闘しているが、厳しい競争社会では、必然的に落伍者も多く出てしまう。レヴェンサルは敗残者に落ち込む寸前であったし、オールビーはさらにひどい状態に陥っているのだ。

階級が固定していた時代ならば、名門出は、その特権を享受でき、一方、レヴェンサルのように生まれが不遇だった者は、一生を下積みで終わっていたかもしれないが、いまや時代の変化によって社会の流動性が増し、台頭する者と落伍してゆく者が増えているのである。流動化は、切磋琢磨する人には上昇機運となろうが、オールビーのように時代の波に乗れず、没落してゆく人も絶え間なく生み出すことであろう。

変化の波に翻弄される中で、人の態度や、集団の動きなどが人生を形成してゆく過程では、運命のいたずらや矛盾や不正が伴うであろう。それらをいかに修復できるのか。それを人が一対一で行おうとした場合、どうなるのか。

その点、オールビーは、レヴェンサルとの間でそうした不正を是正しよう、とほのめかし、不安な状態にあるレヴェンサルに付け込み、ユダヤ性に関する言説、自らの栄光の過去、名門出の価値観、社会変化、懺悔の気持ち、修復の思想などを織り交ぜ、レヴェンサルの心に食い込んでゆくのである。

レヴェンサルは、仮に彼がオールビーの没落に関与したとしても、それは意図してやったことではなく、それが偶然にも不幸な結果を生んでしまったに過ぎない。したがって、オールビーの非難を退けてもよかったのであろうが、彼自身の不安も要因となり、妻の留守中、オールビーに自分の住居を間借りさせ、金を貸し、職探しを助けようとするなど、いろいろ配慮してやる。結局、レヴェンサルは、（ベローのほかの主人公たちとも似て）根は良い人なのであろう。

ただし、オールビーは、レヴェンサルの留守中、彼のベッドに見知らぬ女を連れ込み、挙句の果てには、台所でレヴェンサルを道連れにガス自殺を図ろうとさえするのである。オールビーは、自殺するつもりならば、川へ飛び込むこともできたはずであるが、持っていた鍵でドアを開け、深夜にレヴェンサルの台所でガス栓を開けたのである。この場所をなぜ選んだのか。ガス爆発の恐れもあり、レヴェンサルも巻き込まれてしまうではないか。これまでの二人の対立の締めくくりとして、この場所を選ばなければいけなかったのであろうか。

幸いにも、レヴェンサルが気付き、ガスは止められ、争いの挙句、オールビーは姿を消してしまう。

4　対立の果て

酷暑の夏より初秋にかけて展開された、オールビーとレヴェンサルの対立の果てに見えてくるものは、何であろうか。

両者のぶつかり合いを通して、レヴェンサルの心の中に、オールビーの姿が膨らんでゆきときには、加害者と犠牲者の立場が逆転し、相手の立場で物事を見、あるいは、自分がすべてのことに関わっているのではないか、という束の間の悟りを感じたりしている。こうした状況では、それらは起こり得ることなのであろう。

実際、レヴェンサルは、一瞬の悟りや夢や霊感の中で、本人にも明らかに知覚できていないようであるが、彼の自己認識の拡大を示唆しているように思える。すなわち、それらは、注意を内なる世界に向け、自己を掘り下げ、魂の領域に関心を広げる契機となっているようである。

オールビーとの対立を経て、レヴェンサルは、無関心を装う代わりに、周囲の物事に以前より心を動かされやすくなっている。その結果、たとえば、同じニューヨークに住んでいながら、これまで会ったこともなかった弟の長男フィリップと、休日を映画館や公園や動物園で過ごし、一緒に食事をしたり、次男ミッキーの難病に対して病院を手配したり、何回も見舞いをしたり、ハーカヴィの孫娘の誕生日を祝ったりしている。次男を亡くした後、南部で新しい生活を始めるという弟の家族を、レヴェンサル夫妻が訪れることもあろう。

どうしてそのようなことが可能になるのか。一般論として、自己や物事を深く理解するためには、反対のものを体験しなければならない。すなわち、加害者と被害者、ワスプとユダヤ人、台頭する者と落伍者、生と死、ニューヨークとタイのバンコクやインドネシアのスラバヤの酷暑などである。ここでは、前述したように、被害者と加害者の立場が入れ替わる場合も生じている。また、普段は当然視している日常の物事に感謝するには、身を最低の地点まで引き下げて見なければならない。さらに、いま、ここに生きているありがたさを感じるには、死をどんな形にせよ、体験しなければならない。対立の過程で、オールビーは、レヴェンサルに彼が避け続けてきた人生の深淵を垣間見させるのである。結局、レヴェンサルは、オールビーとの対立を通して、閉ざしていた魂を揺さぶられ、これまで周囲の物事に無関心を装っていた自己を掘り下げる機会を得たのではないか。

仮に、オールビーとの対立や、疎遠であった弟家族との交わりがなかったら、レヴェンサルはどうなっていたであろうか。おそらく、自己を掘り下げ、相手の立場に立って物事を考え、きめ細かな配慮をするような事態には、至っていなかったであろう。それは、弟の子供の死や、オールビーが巻き起こした無秩序や混沌を含む、レヴェンサルにとってはつらい体験であったが、それから彼は自分の生き方を修復してゆく契機をつかんだのではないか。

5　修復の思想

ここで『犠牲者』に窺えるユダヤ性に注目するならば、おそらくユダヤ系がようやくニューヨークに台頭し始めた時代を反映しているのであろうが、ユダヤ性が表面的に目立つものは、少ないかもしれない。たとえば、レヴェンサルは、ユダヤ人に大切な安息日や祝祭日を守っておらず、ユダヤ教が定める食事規定にも関心を払っていない。妻の留守中、いくら近所であり安いからといっても、イタリア・レストランで外食し、さすがにポーク・カツレツではないにせよ、仔牛肉のカツレツなどを注文している。また、マンハッタンやスタテン島にシナゴーグは多く存在しているが、レヴェンサルやマックスが、祈りや学習にそこを訪れる光景はさらさら見られない。

ただ、カフェテリアや誕生パーティなどでユダヤ系の人々が集うとき、「来年はエルサレムで」という約束の地への憧れが唱和され、東欧系ユダヤ人が発展させたというハリウッドの映画産業が話題になり、ユダヤ人の歴史にも言及されている。

それでも、もう少し深く見るならば、どこか『サムラー氏の惑星』（1970）の主人公を連想させる老ジャーナリストのシュロスバーグが説く、「人間以上」や「人間以下」という思想や、善行を重視する態度は、人間に可能な倫理を求め、決して超人的な要求をしないユダヤ教の教えを思わせるものではないか。

加えて、この作品は『犠牲者』と題されているが、レヴェンサルとオールビーが対立の果てに、犠牲者で終わるのではなく、それぞれが人生の修復に向かってゆくことは、ユダヤ教が説く修復の思想を反映しているのではないであろうか。

修復の思想に関しては、よく引用される十六世紀のユダヤ人の聖者イッハク・ルーリアが説く神話がある。すなわち、天地が創造された際、そのあまりの圧力によって創造の器が破壊され、神の聖なる光が方々に飛散したという。そこで、人は、神の協力者として、善行を成すことによって、万物に封じ込められたその聖なる光を解放し、不完全な現世の修復を図るよう求められているのである。万物に神々が宿るという日本の宗教思想を思わせるイッハク・ルーリアの神話が示唆する現世の修復とは、ユダヤ教が説く使命（ミッション）なのである。

また、子供時代に重病にかかり一命を取り留めたベロー自身は、「自らの人生を修復の過程である」（『ソール・ベローとの対話』Cronin, 264）と見なし、『犠牲者』を含む各作品に時代状況や自らの生活を反映させせつつ、修復の思想を織り込んでゆく。各作品の最終場面において、紆余曲折を経た主人公は、人生の新たな一歩を踏み出してゆくのである。

こうしたユダヤ教の説く、そしてベロー自身の人生を反映させた、修復の思想によるものであろうか、『犠牲者』は、たとえば、ハーストウッドがあっという間に没落してゆくドライサーの『シスター・キャリー』(Dreiser, 1900)や、女主人公が自殺に追い込まれてゆくクレインの『街の女マギー』(Crane, 1893)や、あるいは、過去のしがらみを断ち切れず、悲惨な最期を迎えてゆくヘミングウェイの「フランシス・マコーマーの短い幸福な生涯」Hemingway, 1936)や、テネシー・ウィリアムズの『欲望という名の電車』(Williams, 1947)や、アーサー・ミラーの『セールスマンの死』(Miller, 1949)とは異なる。これらの作品と比較すると、レヴェンサルやオールビーは、紆余曲折を経ながらも、犠牲者として終わるのではなく、彼らの人生を修復してゆくのである。

6　レヴェンサルやオールビーの修復への道

レヴェンサルは、オールビーとの対立を経た数年後、かつての無関心を装う表情は和らぎ、初期の失敗にもかかわらず敗残者になることを免れたという一種の後ろめたさは薄らぎ、以前より若々しく見える。

自他に対して無関心を装っていたレヴェンサルは、オールビーとの対立や、弟マックスの家族との交わりを経て、自己を掘り下げ、自己評価を高め、また、まもなく父親になる予定であり、その生き方を発展させてゆくのではないか。

レヴェンサルは、これまで数年間勤めた商業雑誌の出版社を辞めてゆくが、その際、諸問題を抱えていても締め切りを守って編集を取り仕切るレヴェンサルの優秀さを認めていた(反ユダヤ的な)上司は、転職を引き留め、昇給を提案する。そのことは、レヴェンサルの自己評価を少なからず上げる助けになったかもしれない。

いずれにせよ、友人ハーカヴィの古物商に関する出版社に異動したのであるから、反ユダヤ的な以前の職場と比べて、レヴェンサルの職場環境は改善されたと言えよう。ここで歴史を振り返れば、ユダヤ人は長期にわたって様々な職業より締め出されており、古物商を含めた、いわゆる隙間産業に活路を見出すしかなかったのである。ニューヨークにおいても、ユダヤ系の人々は、ハーカヴィの父親や息子を含めて、多く古物商に従事していたのであろう。「早くも一八三〇年代に古着商は、ほとんどユダヤ系の独占になっていた」(42)と、『アメリカのユダヤ人の歴史』に指摘があるが、古物商に関しても同様のことが想像されよう。ちなみに、古物商とは、古くなった物でも修復して活用する仕事であり、修復の思想と響き合う職業ではないか。

前述したように、これまでレヴェンサルの自己評価は低かったことであろう。人生のどん底に近いところまで落ち、かろうじて浮かび上がったに過ぎないからである。ハーカヴィ老人がせっかく勧めてくれた夜間大学でも成績が振るわないが、そもそも法律を学び、弁護士を目指すという能力や気力がなかったのだ。さらに、現在の職場を得るまでに、何回も就職面接に落ちている。こうして低かった自己評価が、友人ハーカヴィの職場に移ったことや、その職場での適性や、そして子供が生まれてくることも含めて、向上してゆくことであろう。流動性が激しく、紆余曲折の多い人生であっても、人は、自分に適した組織に属し、自分の適職に没頭することによって、自己を支え、自己を向上できるのである。

「われわれができることはたくさんあるのだ。つまらないことで自分をすり減らしていたのでは、どうしようもない」（169）とレヴェンサルは思う。

一方、オールビーは、レヴェンサルとの対立の果てに、さらに没落を続け、おそらく無縁墓に葬られるかと思われたのに、予期に反して、意外に人生を修復している。「うまくやってゆくためには、力のある者に合流しなければならない」（230）という彼の考えを実践し、かつての有名女優の付添として、それなりに世の中の変化と折り合いをつけ、人生を楽しんでいるらしい。今では引退し、名声にこだわらず、落ち着いた生活に浸っているというかつての有名女優は、名門出であって落ちぶれ、現在は中流ほどに人生を修復しているらしいオールビーとは、馬が合うのではないか。

オールビーは、自殺未遂の後、おそらく名門出の抜きがたい習慣を少しは改め、ある意味で、ユダヤ移民の奮闘のようなものを若干は学び、生き方を修復したのであろう。また、レヴェンサルの台所で一度死んだような気持ちになって、人生を立て直したのかもしれない。こうした点で、オールビーがレヴェンサルに負っているものは少なくないであろう。

長い目で見ると、いかなる状況の人が、向上するのか、あるいは落ちてゆくのか、わからないが、明らかなことは、向上できるよう日々の蓄積が大切であり、また、状況に対応する態度が重要ではないであろうか。どの分野にせよ、長期に伸びてゆく人と、途中であきらめてしまう人が出てくるが、それは、人生の道のりにおいて、蓄積した内容の違いによるものかもしれない。やはり、根本は、自分に適した打ち込む対象を見出し、それに多くの精力を費やした人が、その分野で成功するのであろう。

ベローが『積もりつもって』(1994) 所収のエッセイで言及している、ユダヤ系経営学者ピーター・ドラッカーが、「好調の時にこそ次の段階を考え、不遇の際は、神の試練と思い耐え抜くのである」(『非営利組織の運営』Drucker, 66, 223) と説く、組織や個人が長期にわたって生産性を維持する思想が、レヴェンサルやオールビーの人生を修復する助けになっていることであろう。

また、これもドラッカーの思想であるが、「自己に合った組織に属し、好きで熱中できる仕事に没頭する」（同上 195）、ということが、レヴェンサルやオールビーの今後の人生を後押しするものではないか。

それは、基本的に自分との競争であり、他者を蹴落とそうとする競争原理ではない。他人とではなく、自らと競う人、そして自らに適した仕事に熱中する人が増えてゆくならば、現世はそれに伴って修復されてゆくかもしれない。また、それは、もしかしたら、差別や迫害を回避してゆく道であるかもしれない。

7　おわりに

『犠牲者』には、さらにユダヤ性の一つとして、助け合いの精神が含まれているのではないか。たとえば、出自が不遇であったレヴェンサルが何とか自分に適した仕事にこぎつけられたのは、叔父の友人であった古物商ハーカヴィが夜間大学での教育の機会を与えてくれ、また、その息子ハーカヴィが友人となってレヴェンサルをいろいろ助け、古物商関係の出版社にレヴェンサルを招いてくれたおかげである。さらに、カフェテリアや誕生パーティに集う人々は、率直に話し合い、助け合う共同体を形成している。レヴェンサルやオールビーも対立の果てに、一種の助け合いによって、それぞれが修復への道を歩むのである。

そもそも各人は、それぞれ辿ってきた先祖の影響が異なり、生まれ落ちた環境が違い、個性が様々なのである。人は、それぞれ持って生まれた性格、生後に養った性格を伸ばし、その潜在能力を開発し、個人の特質を伸ばして生きることが、最も幸せなのではないであろうか。そして、自分に最適の組織に属し、自分に合った仕事に没頭し、社会に貢献することによって、幸福を得てゆくのであろう。

個性を発揮する人が、それぞれ打ち込める対象に熱中して生きる過程では、前述したように、他人と競うのではなく、自分との競争である。これによって、多くの無益な争いが減り、差別や迫害が和らぎ、多様性が花開き、持続する豊かな社会が発展するかもしれない。

ただし、複雑で多様な現代社会においては、われわれの言動が思いがけない結果を招くということは、レヴェンサルとオールビーの場合に見るように、起こり得ることである。その結果に対して責任を持つということは、人として大切であろうが、それを果たすことは、短期間では無理かもしれず、長い間に是正を求められるものであろう。「人間的であるとは、多くの弱点を抱えながらも、土壇場で踏み堪える力である」(154) という言葉が、『犠牲者』には含まれている。

第4章　肯定への願望――『オーギー・マーチの冒険』

1　はじめに

今から七十年ほど前に世に出た『オーギー・マーチの冒険』（1953　以下、『オーギー』と略す）は、『宙ぶらりんの男』（1944）や『犠牲者』（1947）からの飛躍を図った「ベローの冒険」であった。

『オーギー』という題名を見ても、奇しくも（または意図して）アメリカ文学とユダヤ系文学を合わせた流れに乗り、冒険に旅立った作家の姿が浮かんでくる。それがアメリカ文学の古典と目される『ハックルベリー・フィンの冒険』（Twain　以下、『ハックルベリー』と略す）や、ユダヤ系文学の巨匠ショレム・アレイヘムの『先唱者の息子モテルの冒険』（Aleichem）や『メナヘム・メンデルの冒険』を連想させるからである。

さらに、内容においても、主人公オーギーの反抗精神、無垢への憧憬、自由奔放な語り、際限のない探求、あるいは挿話を連ねた構成より、『ハックルベリー』との比較が避け難い。その上、ベローには「ゲットーでの笑い」と題した『先唱者の息子モテルの冒険』の書評があり、失敗を重ねても失望しないメナヘム・メンデルは、幾分「ヘマ常習者」（194）であるが笑いを止めない「希望の人」（529）オーギーを思わせ、これらはショレム・アレイヘムとの関連を裏付けるものとなる。このような連想を可能にするベローの題名選択は、誠に巧みであった。

『オーギー』は、ベローの作品中では規模において最大である。大不況前のシカゴからメキシコへ、そして大戦後のヨーロッパへと場面が幅広く、百二十余名の人物を配置し、混交を貪欲に飲み込む文体を用いている。また自然主義やリアリズムやロマン主義などの形式を盛り込み、主人公オーギーが九歳ころより三十代に至るまでの期間を、一人称の回顧録形式で描いたものである。それは、前二作には及びもつかない大きな展開を見せている。『宙ぶらりんの男』ジョウゼフが軍隊へ志願するという皮肉な形で社会復帰した後で、『犠牲者』のレヴェンサルは社会に屈服することなしに孤立の壁を打ち破っているが、この成功が『オーギー』への飛躍へとつながっているのであろう。

ずば抜けた行動力と適応性を持つオーギーは、前二作の主人公たちを呻吟させた狂気の横行する不条理な社会に軽く接触するだけで、容易に危機を潜り抜けてゆく。そして、「価値ある運命」、「本来の自己」、「人生の軸線」の探求に賭け、宙ぶらりんより一歩前進した「旋回する」生き方を選ぶ。これは、不条理な現実の彼方に人生の理想を置き、それに向かって果敢に行動し、人間の可能性を探るオーギーの（そしてベローの）冒険である。

2　冒険の心理的な背景

ベローは「前二作は悲しすぎたので捨ててしまった」(『ソール・ベローとの対話』4)と語り、『オーギー』以前に進行中であった『蟹と蝶』と題された小説もそれら同様の憂鬱な雰囲気のものであったので、大きな不満を感じて断念したと言う。その一部として発表された「ガリーナへの道」は、価値ある行為を求めて他人の誘惑を避けながら多岐にわたる人生を歩む主人公を描き、『オーギー』との類似を含むが、暗い陰りの抜け切らない作品である。

前二作と『蟹と蝶』の暗い雰囲気を捨てて、『オーギー』で冒険を試みたベローの心理的な背景には自己を超克しようとする並々ならぬ決意があったに違いない。これに関して、ベローの主人公の心理を巧みに分析したジョン・クレイトンは、以下の二点を指摘する。まず、彼はベローのインタビューでの言葉を重視し、『オーギー』における人間性の肯定は、実は作者自身の抑うつ症的な性格と闘うためであると強調する。次に、アメリカ社会やその中の個人の価値を是とするこの作品は、その出版の前年に企画された『パーティザン・レヴュー』のアメリカ社会や作家の可能性を肯定しようとする動きに呼応していると言う。クレイトンの要点は、自分自身や周囲の要請に応えようとしたベローが、『オーギー』において「意識的に」肯定を選択したということである(『ソール・ベロー──人間性の擁護』Clayton)。

確かに、それを裏付ける内容は作品中に少なくない。たとえば、オーギーは「僕はシカゴ生まれのアメリカ人だ」(3) と冒頭で宣言し、二十数年を経た最終場面でも自らを理想郷を探検するコロンブスに譬えることで終始一貫してアメリカ社会を広く受容しようとしているし、また、「性格はその人の運命なり」(3) と主張して個性を尊ぶ彼は、「自己を思うように他者を思う」(147) とホイットマンをもじったかのごとく「自己の歌」を歌う。この他にも、後で述べるように、作者が意識して肯定を選んだと思われる内容が多い。

『オーギー』の作品世界を見ると、一方で個人の抑うつ症的な性格（内面の暗黒）があり、他方で個人の理想をあざ笑う社会・自然・宇宙の破壊的な要素（外面の暗黒）が存在している。その中でそれらに対抗して意識的に希望が選択されたのであるならば、その試みはどれほど効果的に達成されたのであろうか。そしてそれは、『オーギー』以後の作品にどのように関連し発展しているものであろうか。

3　肯定への願望

「いかにオーギー・マーチ物語を書いたか」の中でも、ベローは人間性を擁護し、肯定的な生き方を探る意欲を明らかにしている。「環境が急変し移動する中で、人間性を維持することがわれわれに求められている。ある時代や場所に運命づけられることを拒否する以外に何ができようか。運命づけられるのではなく、生きるためにこの世に生を受けているのだ」。

　オーギーは、こうした態度を持つ作家の代弁者である。子供のころからの仲間、クレム・タンボーが「偉大な能力を持った大文字の人間（Man）というものがあるべきだと君は望んでいるんだ」（434）と言うように、確かに、オーギーは現代において人間性の十分な発展を願っている。専門家の道をためらうことで推測できるように、社会の狭い役割にはめ込まれることを嫌う。社会機構に人を縛り付ける富や地位にも執着せず、その中に組み込まれて呻吟するよりも、むしろその周囲を旋回している。そのようにして、自己の体験を通して人間性の十分な探求を続けようとするオーギーの理想は非常に高い。（反面、それだけに、理想がかなえられない状況では、自己嫌悪が激しくなり、自己を虐待する傾向も強まってゆくことは指摘されねばならないが。）

　奨学金と高価な書籍の万引きにより苦学するメキシコ人パディーヤが、第二次大戦に突入寸前の暗い世相を説き、「この頃の研究の中心は、人間がどれだけ善になれるかってよりも、どんなに悪に走れるかということなんだぞ。お前は時代遅れだよ」（431）と言うのに対しても、オーギーは人間の善をあくまで追求している。「僕は昔もそうだったが、これまでもずっと可能な限り遠くまで勇猛邁進する覚悟できているんだ」（76）。

　独学により古典に通暁するオーギーは、古の偉人と現代人を絶えず比較するが、それは後者が昔の栄光の委縮した末端にいる子供に過ぎないことを否定し、改めてわれわれの可能性を印象付けようとする試みである。これに関して、オーギーや兄のサイモンが決して小柄な人間ではなく、同様に、オーギーが子供時代に働くコブリン家のハイマン、アナや、彼がサイモンの勧めで交際するマグナス家の人々が、すべて巨大な体躯の持ち主であることに注目しよう。古の偉人との対比を念頭に置くベローは、意識して彼らを創造したのであろう。父親に見捨てられた貧困家庭のオーギー、兄のサイモンや彼らの白痴の弟ジョージィ、あるいは成功したユダヤ移民二世ではあるが不具者であるアインホーンなど、不利な条件を抱える人々が、奮闘して人生を歩んでゆく。彼らのたくましい生命力の描写を通して意識的に生を肯定しようとするベローの願望がにじみ出てくる。

このように、『オーギー』では現代における個人の意義ある生を肯定しようとする願望が強く、それ故に、作品の冒頭と最後に個性の謳歌があり、作中に古の偉人たちと現代人との比較があり、オーギーの「価値ある運命」の探求があり、そして「人生の軸線」への憧れがあるのである。加えて、ベローは、オーギーに「僕に言える唯一のことは、この独立独歩の運命を求めてはいるが、それは自分のためばかりではないということなんだ」(424)と語らせ、個人的な体験を普遍化しようとしている。

4　オーギーの性格と「人生の軸線」

このように人間性を擁護し肯定的な生き方を求めるオーギーの性格は、彼の「人生の軸線」の探求に結び付いてゆくものである。その彼の性格を詳しく見ることにしよう。

まず、オーギーは自己の感情に素直に生きようと努め、「本来の自分」になりたいと願う。それ故に、サイモンに誘導されてルーシー・マグナスとの結婚に走ろうとする時、労働組合の結成を任務とするオルガナイザーの職に就いている時、シィアとのメキシコ旅行に内心では強く疑いながら同伴する時、メキシコでシカゴの友人フレーザーに亡命中のトロッキーの警護役を頼まれる時など、彼は違和感を禁じ得ない。「僕は自分の資質を超えようとはしなかった。僕なりのカウンセリングのシステムを持っていた。それは誤りがないわけではなかったが、その誤りは僕に耐えられるものだった」（204）と述べるオーギーは、ベローの作品にしばしば言及されるヘンリー・デイヴィッド・ソローのごとく、自己の判断を重視し、自分の望みに反するものをことごとく避けようとするのである。

次に、彼も生身の人間であるから、金銭を考慮しないわけではないものの、本質的にオーギーは愛に基づいた行動を選ぶ。戦時中、商船に乗り込んで船員たちの悩みの相談相手になる時、過ちの多い人間性を考慮した優しい愛を説いているし、また、不幸な子供たちを集めて学園を開く夢についても、漠然とながら、それは教育よりも愛に発した企画であるという。

そして、ルーシー・マグナス、シィア・フェンチェルらと交わる際にまず大切にするものは愛であり、最後には愛のためにステラと結婚している。

貧民街で成長し、「インド人が像に慣れているように、貧民街に慣れており」(287)、アインホーンのビリアード室で人間と社会を判断する基準を学んだオーギーが、真っ正直に育つのは無理な注文であり、現に、幼い時より盗みやほかの過ちを多くしでかしているが、オーギーは決して悪人ではない。五日に及ぶシカゴへの悲惨な道中で放浪者たちに食べ物を分けてやり、野望の重圧で自己破壊に瀕する兄サイモンを心配し、妊娠したミミや半狂乱の愛人に手を焼くステラを、自らの不利をも顧みずに援助し、自分を虐待したベイストショーが熱病にかかると一晩中看病してやる。他人の弱みに付け込むことをせず、進んで他人を援助する彼の性格は称賛に値する。

おそらく、母親とジョージィのいる家庭生活の中で育まれた性格であろうが、オーギーは、弱者に対する思いやりが深い。サイモンがアインホーンより借りたオーギーへの送金を着服した時、アインホーンは兄のこの弱みに付け込むことを勧めるが、オーギーはそれを寛大に許す。また、白痴のジョージィを施設に、ローシュ婆さんを老人ホームに、そして母親を盲人ホームへ連れてゆくつらい仕事は、兄のサイモンではなく、弟のオーギーが常に引き受け、離散した家族を集めて暮らしたいと憧れるのもやはり彼である。

厳しい条件下でも、人間としての優しさや尊厳を失わず、右記のごとく、真の自己を求め、他者への愛や援助や寛大を尊ぶオーギーの性格は、「人生の軸線」の探求に集約されてゆく。「人生の軸線」とは、真実、愛情、平和、寛大、有用、調和を包含する理想の生き方である。十二歳ころにはすでに「十分に満足のゆく運命について思いめぐらしていた」(28) オーギーは、この理想の生き方に近づくという「生まれてからずっと一つの大目標をもって生きてきた人間」(476) である。オーギーの探求、その性格、それから生じる行動の一貫性を考える時、「僕の全生涯をこれを試すことに賭ける」(455) という彼の言葉が生きてくる。

5　環境と性格

こうした人生を貫く大目標を抱き、当然その達成の困難さが予想される故に、環境論や決定論を跳ね返すオーギーの性格が重要になってくる。悪い星運のもとに育った連中が人生の仕掛けた罠に引っかかるのだ、と警告するアインホーンに対して、「いや、僕はアインホーンが言った決定されてしまう者になりたくなかった。決定されてしまうことを受け入れたことは、これまで一度もなかったし、他の連中が仕立て上げようと望んだものにもなろうとはしなかった」(117) と答えるオーギーにその性格がよく出ている。

さらに、ある美しい朝、突然、人間は良くなるわけではない、と主張する勝気な女性ミミに対して、オーギーは、生来の環境で人間がコンクリートのごとく固まるとは信じない。そして、逆境を跳ね返すたくましい兄サイモンに同調し、彼もまた、「人が特定の限定内に生まれつくということは、見せかけに過ぎない」(240) と思う。こうした抵抗する性格が保持される限り、オーギーが環境の犠牲者になることはない。

そもそも冒頭で、環境ではなく、性格が人の運命を形成すると明言したオーギーは、それを証明する形で回顧録を綴っているのである。ここで、あの『宙ぶらりんの男』で啓蒙主義を研究していたジョウゼフを想起したい。彼は理性を人生哲学の中心に据えたのであるから、人間の運命をつかさどるのは神ではなく、人間個人であるとの結論に到達し得たはずであるが、実際には個人の偉大さに賭けて万事を賄ってゆくことの重荷に耐えきれない。この点においては、オーギーのほうが、たとえ「この強力な、自由に走り回っている恐怖」(403) を感じつつも、はるかに精力的に奮闘するのである。

オーギーは、個人の性格による選択の重要性を前面に押し出し、個人の偉大さについて理想を求め、その過程で狭い人生観を押し付けるマキャヴェリズムの信奉者たちを拒否してゆく。彼の人生におけるいくつかの失敗や挫折、たとえば、大不況の最中の失業、魂をささげた愛の破局、大富豪の娘との結婚の破棄、金満家への養子縁組の拒否、そして白痴の弟や盲目同然の母親を施設に送ったことなどは、彼の人生行路を「決定」してはいない。

オーギーは、一時的に悔んだり、涙を流したりはするが、すぐに次の冒険に向かってゆく。こうしたことを眺めれば、環境ではなく、失望した人生を拒否する彼の性格が、人生を決定しているわけであり、冒頭の発言は、この範囲で証明されていると考えられよう。

ただし、つぶさに見ると、オーギーを取り巻く環境はそれほど厳しいものではない。確かに一家の精神的な支柱となる父親がいないことは不幸な環境ではあるが、オーギーの父親代わりとなる人物は多い。オーギーが高校生になるまでは、同居人のローシュ婆さんが、気弱な母親に代わって、家族の精神的な支柱の役割を果たしている。自分の息子たちに愛想が尽きたこの老婆は、オーギーとサイモンを立派な社会人に仕立て上げようと、父親並みの厳しいしつけを施すのである。そして、高校時代のオーギーは、アインホーンから社会の底辺を覗く教育と感化を受け、その後しばらくはレンリング夫妻より父母の役割を提供され、成長後は国際的な大物弁護士ミントーチャンの知遇を得てゆく。

次に、貧乏であるとは言うが、それほどひどいわけではない。住まいはシカゴの貧民街にある「恥ずかしい程に貧弱なアパート」（95）であるにしても、そこにはマラマッドの『アシスタント』の貧乏店主モリス家同様に同居人を置く広さがあるばかりか、特にローシュ婆さんには続き間をあてがい、さらに子供部屋や居間の余裕さえある。慈善対策の世話になりながら、実はオーギー兄弟は子供のころからいろいろと働き、一家に賃金を運んでくる。

大不況時には、オーギーはせっかく養子縁組を申し出てくれたレンリング家をハックルベリー・フィンのように飛び出した後でしばらく落ち目になったとしても、彼が借りた最上階の狭いアパートでは暖房が不十分なために靴下とオーバーを着用しなければならなかったくらいであり（つまり、全館暖房装置は大不況下でも働いていたわけであり）、また、節約のために剃刀を持ち歩き、公共洗面所で無料の湯と石鹸を使って髭剃りをしたとあるが、大不況下においてさえ、公共の場にそれだけの設備を提供できる社会に暮らしていたということである。スタインベックの『怒りの葡萄』（Steinbeck）を、ドイツやソ連の読者が、「貧しい農民たちとは言っても、中古自動車を買い込む余裕があるではないか」と評したことが、ここで思い出される。『オーギー』の場合も然りで、貧しいとは言っても、社会全体が豊かなアメリカにおける貧乏物語にはまだまだ余裕が多い。

以上、例証が詳細に過ぎたきらいはあるかもしれないが、要するに、『オーギー』においては、たとえば、無知と貧困が無気力な人々を破壊するスティーヴン・クレインの『街の女マギー』（Crane）とは異なり、しっかりとした性格の持ち主ならば対処できる範囲に環境の力が抑えられている、ということである。その上、この環境に抵抗するオーギー自身は、主に独学によって向上してきた知識人であり、旺盛な活力にも恵まれ、個人としての能力は極めて高いのである。

加えて、オーギーはうまく行き過ぎると思われるほどに幸運な人間であり、降りかかる数々の苦難をすり抜けてゆく。百貨店での盗みが発覚しても少年院へ送られることを免れ、強盗のジョー・ゴーマンは警察に逮捕されても彼は助かり、高価な書籍の万引きをした彼を捕らえたのは子供時代からの知り合いであるジミー・クラインであり、無罪放免されている。また、自動車事故は大事に至らずに済むし、戦時中に乗り組んだ商船が魚雷攻撃で沈没し、ほとんどの者が海底の藻屑と消えた時でさえも一命を取り留める、といった具合である。

こうした幸運も手伝ってか、オーギーは極めて楽観的な態度の持ち主である。「どこへだって神々が姿を現わす可能性があるのさ」（260）という言葉にそれは如実に示されていよう。この楽観性に支えられて彼は、自分は人生の種々の出来事を神秘的な感情で崇める運命愛を持っているために、いかなる悲惨に遭遇しても、百パーセントの絶望に陥ることはないのだと言う。さらに、この世に生まれたのは偶然に過ぎないと主張するミミに対しては、生とは愛の所産であり、自分は生を受けたことを感謝し、生を享受してきたと明言するのである。

ちなみに、悲惨な生涯を送ったとしても不思議はない弱々しい母親や白痴の弟ジョージィが施設でそれぞれの生を全うしてゆき、また兄サイモンは巨万の富を追ってたくましく生き、弟オーギーはその兄に常に優柔不断だとなじられながらも人生の理想を追求して世界を駆け回る。マーチ一家のこうした成り行きを見ても、ベローの楽観的な人生賛歌の意図が読み取れよう。

このようにして、ベローはオーギーに決定論に抵抗する性格を与えるばかりか、意識的にも環境の力を抑え、主人公の探求を助けているのである。この状態を常に維持できれば問題はないのであるが、残念ながら、そうはゆかない。人生の軸線という高い理想の持つ推進力で生涯を乗り切ってゆくオーギーの行進は、シィアとのメキシコ旅行に至って厳しい現実に突き当たり、大きな抑制を受けることになるのである。

6　メキシコ旅行

シィアはその名前がギリシア語で「女神」を意味するように超人的な面を持ち、「より良い、より崇高な現実」(316) を求めている。彼女は、自己の偉大さを誇張し、周囲の世界を好きなように塗り替え、あわよくば他人を引き込んで、その構造を強化し維持するために利用しようと図るマキャヴェリズムの信奉者たち、たとえば、ローシュ婆さん、アインホーン、サイモン、ミミ、ロービー、ベイストショーなどの中でも最たるものと言えよう。また、『ハーツォグ』の主人公を未練がましくさせるマドレーンにも似て、才能に恵まれ、かつ官能的なシィアは、オーギーの最愛の女性となる。

メキシコの奥地に赴き、野生のワシを訓練して、中世より生息するイグアナを捕らえ、その映画を作り、体験記も出版しようと意気込むシィアに、オーギーは彼女への愛のゆえに同行する。しかし、こうした多分に非現実的な目的を持つ旅行の当初から、オーギーは自己の性格に反した行動に走っているのではないか、という疑いを抱き始めている。

オーギーとシィアがメキシコで出会う自然は、自己の好みに料理できるような世界ではない。「空は生命には強烈すぎる要素を秘めている」(338) というくだりは、二人がここで人間の支配できない領域に踏み込んだことを窺わせる。しかし、それにもかかわらず、二人はここで野生（自然）を人間化しようと奮闘してゆく。中世からの生き残りの黄金のアメリカ産のワシに、ローマ皇帝の名前をとってカリグラと名付け、古より成功例の少ない壮大なイグアナ狩りに挑戦するが、それに失敗し、オーギーは死の危険にさらされてしまう。疑念を抱きつつ、現実の彼方の理想を求め、自己を超越しようと図ったオーギーの（そしてベローの）失敗である。

死に直面するメキシコ旅行の場面は、ベローのほかの作品で主人公を追い詰めて変化を余儀なくさせる危機的な状況、たとえば、ジョウゼフと戦争、レヴェンサルとオールビーの非難や子供の死、ウィルヘルムと財政破綻、ヘンダソンと死の恐怖、ハーツォグと学究生活の退廃などに、匹敵するものであり、この作品の中心部分と言えよう。

オーギーは死に直面した体験を境に、持ち前の活力や柔軟性にやや陰りを見せ始める。するとここに、否定していたはずの「ガリーナへの旅」や前二作の暗い雰囲気が再び漂い始めるのである。メキシコで被った頭部の怪我やシィアとの大恋愛の破局が、肉体的・精神的な痛手として尾を引き、オーギーは「昔のほうが今よりずっとのんきだった」(447)と嘆く。「放浪するのにも疲れ」(471)、「なぜいつでも僕は理論家の間に落っこちなければならないのか」(503)と不満を述べ、「他人の運命を形成しようとする連中……にはほとほとうんざりしている」(524)と疲れを見せ始める。

また、「混交の中に美が存在する」(125)とかつては多様性を謳歌していた彼が、「使うことのできない情報を増やすだけのものなんて、まったく危険極まりない。とにかく、この手のあらゆるものが多すぎる……僕は押し流されてしまう」(455)と、個人を圧倒する世界の煩雑さに悲鳴を上げている。その結果、「僕は本当に自分の存在を単純化すべきなんだ」(450)と反省し、自分自身の場所を求めて、ソローのウォールデンのような場所を夢見るように変化してゆくのである。

オーギーのこうした変貌と併せて、肯定的で楽観的であったはずの彼の背後で、暗黒が頭をもたげてくる。「人生が終わること自体がそれほど恐ろしいわけではない。だが本質的に非常に多くの失望を伴って人生が終わるということ、これが恐ろしいのだ」(412)。人間の徒労をあざ笑い、人間の力ではいかんともしがたい暗黒が、ここに底流として横たわっている。

オーギーが実は、人間の力の及ばない、死が支配する暗黒の存在を絶えず気にしていることは、作品世界に散見できる暗黒への言及によって明白である。しかし、これまでのオーギーは、それを真剣に見つめようとするよりは、むしろ可能な限り遠ざけて、楽観を装うという風であった。メキシコ旅行での体験は、彼のそうした態度を一変させてしまったわけである。

このように、この暗黒とあくまで理想を追求する人間との対立は、物語の進行に連れて暗黒がより顕著となり、最終場面へともつれ込んでゆくことになる。

7　最終場面

最終場面のオーギーは、周囲を覆う暗黒の中で笑いを響かせ、あくまで理想に邁進する個人を押しつぶそうとするその勢力に対して、ユーモアを保持して人生を眺めようとしている。彼の体内の「笑う動物」は永遠に立ち上がろうとするのである。ここで登場するジャクリーヌは、荒々しい環境に痛めつけられてもなお夢を追う人間を象徴し、オーギーの負けじ魂を支える存在となっている。

こうして人間性を擁護し意義ある人生の可能性を肯定しようとした『オーギー』の試みは、主人公の「理想」として残るのである。ただ、メキシコ旅行での体験を境にベローの懐疑性が頭をもたげた結果、その肯定は意識的なものとなり、オーギーの笑いも絶望を隠しぐさと映るきらいがある。

ベローは、この後は『この日をつかめ』(1956)において、意識的な明るさを反省したかのように、オーギーの「成れの果て」であるウィルヘルムの修復を描き、さらに、純情過ぎたオーギーの性格に清濁の面で深みを与えたヘンダソン(『雨の王ヘンダソン』1959)を笑いとともに暗黒大陸へと歩ませてゆくのである。

さて、最終場面のオーギーは、それまでの苦闘にもかかわらず、人生の軸線を見出し得ていない。また、その見込みも恐らくないであろうことを彼自身悟り始めている。「僕は望んでいるこれらのもの〔調和、愛など〕をおそらく手にすることができないのだ」(514)。奮闘が止めば人生の軸線がもたらされるというが、個性を発揮しようとする傾向があまりに強いオーギーにこの段階でそれを望むことは無理であろう。さらに、「人間は死に至るまで奮闘を止めない以上、その希望は幻に過ぎない。軸線そのものは存在しても、心の中の理想としてであり、現実世界にはない」とすれば、仮に悟りを得ても、それは束の間のことであり、「移りゆく世界で一つの静止点に過ぎないもの」となる。不条理な現実の彼方にある人生の理想を求めて勇猛邁進してきたオーギーの（そしてベローの）冒険は、最終的には『犠牲者』においてシュロスバーグの言う「人間以上」でも「人間以下」でもない人間的な範疇にとどまらざるを得ないのである。

オーギーの軸線の探求は、この後の作品に引き継がれ、ウィルヘルムを経て、ヘンダソンやハーツォグに至り、ようやく奮闘の後の一時的な静謐の境地を得るのである。

8　おわりに

オーギーの笑い、人生の軸線の探求、そしてその性格の清濁両面での深まりとともに、物語の構成に関しても『オーギー』は後の作品に発展してゆく要素を多く含んでいる。

ベローは以下に見るように、読者の興味をつないで膨大な『オーギー』を読ませることに腐心している。まず、彼は、内容を要約する文章を巧みに配置している。アインホーンとの交際の顛末（60）、自己の探求に迷う哀しみ（84）、各章の冒頭に置かれる人生哲学を語るもの、がそのいくつかの例である。また、見事な書き出し（3）や、パディーヤ（188）、クレム（202）を描写する際に見られる濃密な内容を含んだ段落の構成も読者を引き込む大きな要素である。

さらに、各章の構成に関しても注意が細かい。一章のローシュ婆さん、二章のアナ・コブリン、五章のアインホーンなど、特異な人物を焦点にして、読者を惹きつけてゆく。この他、内容や人物の比較対照も興味深い。たとえば、マーチ一家を支配したローシュ婆さんとアインホーン一家の老当主の没落が六章に並んで描かれ、これは、たとえば、サッカレイの『虚栄の市』（Thackeray）でセドレ老とオズバン老が相次いでこの世を去る六十一章の構成を思わせる。また、マキャヴェリズムの信奉者と単純な母親や白痴の弟を対照的に配置し、オーギーをその中間の存在としているのもよい。最後に全体の構成に関しては、オーギーの価値ある運命の探求を各挿話をつなぐ縦糸に使用し、五章と二十四章で話の流れを一変させ、マーチ一家の縮小過程を描く一～四章をプロローグに、二十四～二十六章をエピローグに考えられるものとなっている。

このように工夫を凝らしたものであっても、ベロー自身は作品にいまひとつの統一を欠いたことを不満に思っているらしい。確かに、その根拠は見当たらないわけでもない。たとえば、すでに論じたように、人生の軸線とは、オーギーの性格や行動の彼方に存在するものと見なければ、彼の長い演説によるその導入（二十二章）が唐突になるであろう。また、彼は「笑う動物」であると言うが、二十数年間に及ぶ回顧録の中で笑ったことは限られており(47)、それは必ずしも説得的ではない。したがって、最後の笑いが無理な肯定のしぐさに映ってしまうわけである。

ベローが『オーギー』で用いた回顧録の形式は、語り手オーギーがしきりと長旅をする一種のセールスマンであり、旅先で回顧録を少しずつ綴るという設定が、場所の広範な移動と各地での挿話を重ねてゆく内容にうまく合致したものである。すでに出来事を体験済みの主人公が語るこの形式は、『オーギー』の後、『雨の王ヘンダソン』、『ハーツォグ』、『フンボルトの贈物』などで磨かれてゆくが、これは語り手が物語中の体験をしっかりと把握している場合は、描写に無駄がなく、しかも随所に体験の意味を要約の形で提示でき、全体の骨組みを明確にできるという利点がある。

一方、読者にとっては、出来事に巻き込まれてもがく主人公と、またその姿を眺め思考する冷静な別の主人公の存在を感じることによって、理解の立脚点を増やすことが可能になるのである。「強大な抑圧者と思われた世界は僕からその怒りを取り除いてくれたのだ」とまず冒頭で肯定的な結果を報告し、後はそれに至る一部始終を熱っぽく語る『雨の王ヘンダソン』、「たとえ狂っているとしても、かまわない」と開口一番に自分の禍を跳ね返す精神を示し、ぐるりと旋回して過去を述べ、再び冒頭に帰り、静謐の境地に至る『ハーツォグ』、そして冒頭で物語の輪郭を述べてしまう『フンボルトの贈物』と読んでくると、何回も手を加えた成果でもあろうが、ベローは全体をしっかりと把握したうえで、各部分をますます効率よく描いているとの印象を強くするのである。『オーギー』で感じたという統一に関する反省が、この発展につながっているのであろう。

一説によれば、三十年以上にわたって第一級の創作力を保持しえたアメリカ作家は、おそらく三人であり、それはヘンリー・ジェイムズ、フォークナー、そしてベローであるという（『本物を創る』Stern, 19）。ベローについて一種の伝記を著したマーク・ハリスもその作家としての長命の秘訣に注目している（『ソール・ベロー――ドラムリン（氷堆丘）・ウッドチャック』Harris）。小説の可能性を信じ、小説を通して自己を修復し、小説を人間として存続するための武器にしているベローにとって、その収穫はこれからも実り多いに違いない。

第5章　ユーモアと神秘主義のきらめき――『この日をつかめ』

1　はじめに

ソール・ベローの作品は、ユダヤ神秘主義カバラーの介在なくしては理解しがたいのではないか。その点は、アイザック・バシェヴィス・シンガー、エリ・ヴィーゼル、バーナード・マラマッドらの場合も同様であろう。すなわち、彼らの作品は、合理主義のみでは捉えがたい面を持ち、そこでは合理主義の解釈をするりと抜けてしまうところに、神秘主義が顔を出してくるのである。

ここでユダヤ人の歴史を振り返れば、歴史家ポール・ジョンソン（1928-）、シーセル・ロス（1899-1970）、ハワード・サチャー（1928-2018）らの著作からも察しられるように、合理主義と神秘主義の流れが並存し、そこでは合理主義の流れが圧倒的であるように思えるが、少数派とはいえ神秘主義の流れを無視することはできない。とくに、ホロコーストを経たユダヤ人が、神秘主義カバラーへの関心を高め、いまやカバラーがアメリカで家庭用語となっていることは、注目に値しよう。神秘主義とは、合理主義の網の目からこぼれてしまうものを探し求め、聖典にさらに隠れているものがあるのではないかと探求する姿勢である。

ホロコースト以後、なぜ人々はカバラーに惹きつけられるのであろうか。大きな悲劇によって生じた閉塞感を脱し、それを黙認したかのように思える神を探求し、人の残虐性を抑制し、その積極的な潜在能力を掘り起こそうとする願いからであろうか。それは一時的な流行のようにも思える反面、人々が真剣にユダヤ教の伝統、古い道より二十一世紀の生き方を模索していることもまた事実であろう。

人々を惹きつけるカバラーの人間観とは、アディン・スタインサルツ（1937-2020）、ゲルショム・ショーレム（1897-1982）、エドワード・ホフマン（1951-）らの研究によれば、以下のものである。人は、神のイメージによって創造されたのであるから、神に近づく高次の潜在能力を秘めているのである。しかるに、実際、人はしばしば半分眠ったような状態で暮らし、自らの真の自己さえ知らず、その人生の方向付けもままならず、精力を集中すべき優先事項も不確かなままに、些事に翻弄されているのではないか。そこでカバラーは、日々の鍛錬を通して、各人の精神を覚醒させ、神に与えられた使命の充足を求めさせ、その可能性を最大に伸ばす生涯学習に邁進させようとする。各人の充足を基盤として、ヘブライ語で「ティックン」と呼ぶこの世の修復を求め、現世に神の国を築こうと図るのである。

本章では、中年の人生に行き詰まったトミー・ウィルヘルムの「清算日」を描くベローの『この日をつかめ』（1956）を中心として、神秘主義カバラーの影響を探ってゆきたい。

2　ウィルヘルムの失敗

『この日をつかめ』の主人公ウィルヘルムは、大部分がその性格に起因するのであるが、とにかくついていない男（シュレミール）である。彼の人生は、迷いの果てにあわただしくなされた未熟な判断によって形成されてきた。

たとえば、スクリーン・テストの結果がおもわしくなかったのに、大学を中退し、いかがわしいスカウトを頼りにして、ハリウッドに飛ぶ。ちなみに、雨が少なく外部での撮影に最適なハリウッドの映画産業は、（第3章でも指摘したように）主として東欧系ユダヤ移民によって確立されたものである。

バッド・シュルバーグ（1914-2009）の『何がサミーを走らせるのか?』（Schlberg）にもハリウッドの生存競争が描かれているが、ウィルヘルムの場合は、そこで端役として失意の七年間を過ごすことになる。また、その過程で不首尾に終わった学歴は、教育を重視するユダヤ人家庭では、特に不名誉なことであるに違いない。

また、彼は、父親アドラー博士の影響を利用して、『雨の王ヘンダソン』のように医師を目指す道もあったであろうし、血を見る手術がいやであったならば、それなりの選択もあったかもしれないが、結局、彼にはそうした職業を目指す気力や能力が欠けていたのではないか。

それでも紆余曲折の後、玩具会社にセールスマンとして戦後より十年近く勤務し、副社長候補にまで昇ったのであるから、そこで辛抱していれば、金銭問題に苦しまなくてすんだかもしれない。ところが、なまじ副社長になると周囲に触れ回ったために、それが反故にされると、自尊心を傷つけられ、会社に戻ることができない。

一方、結婚生活では妻との間に性的な問題や倦怠が生じ、それは我慢していれば解消できたかもしれないが、痺れを切らして自ら家庭を飛び出してしまう。その挙句に、妻は離婚に承知せず、また、妻は学位をとりながら、子供の教育のためにと主張して、職業を探そうとせず、次々と金銭を要求してくる。

挙句の果てに、おそらくは父親の情けを求めて（ただし、それはまったく当てにならないものであるが）、ほかに身を寄せる場所があったであろうに、よりによって父親と同じホテルで暮らすことになる。その状況は、以下の乞食のユーモアを連想させよう。

裕福で慈善に富むロスチャイルド男爵家に乞食が訪れる。「あっしはもとウィーン・フィルハーモニー楽団にいたんでやんすが、楽団が解散してから不運続きでやんして」「何の楽器を演奏していたのかね」「バスーンでやんす」「それは良かった。私のお気に入りの楽器だ。それじゃ援助してあげる前に、ひとまず音楽室に来て、吹いてくれたまえ」。乞食は青ざめてつぶやく、「まったく不運続きでやんす。よりによってバスーンを選ぶとは！　トホホ……」（『ユダヤ人のユーモア百科事典』Spaulding, 31）。

3　父親と息子

父親と息子の住むホテルはマンハッタンにあって、十三階建てである。客層は、老人が多く、彼らは大概やることもなく、毎日ぶらぶらと過ごしている。『ベラローザ・コネクション』（1989）の場合と同様、小柄な父親であり、医師であったアドラー博士は、資産を十分に蓄え、静かな環境へ移ることも可能であろうが、都市で生まれた人間として、食事の心配もなく、いろいろ世話してもらえ、サウナ風呂やマッサージも快適なこのホテル住まいを好んでいるらしい。成功した高名な医師として、また社交上手であり、（心中では近づく死を恐れているが）表面では和やかな表情を維持し、周囲の人々からたとえ束の間であってもちやほやされることを楽しんでいる。

一方、ウィルヘルムはまだ四十四歳であり、老人が群がるこのホテルは「場違い」である印象を否めない。実際、彼は妻子や職場より離れ、流浪の身である。都市で生まれながら、騒々しいニューヨークにいごこちのよさを感じることもできない。彼は、『セールスマンの死』（Miller）のウィリー・ローマンのように自殺に追い込まれる状況にまでは至っていないが、自ら招いたさまざまな問題を抱えている。

父親が、移民出身の苦労を経て、刻苦勉励し医師にまで出世し、八十歳になる現在でも自己管理を堅持しているのに対して、四十四歳の息子は、有り余る精力を持ちながら、彼の乱雑なホテルの部屋を見れば窺えるように、精神的な自律ができているとは言い難い。それは、吸ったタバコをポケットにしまい、コカコーラや鎮静剤や睡眠剤を飲み過ぎ、セカンドギアで走り、方向変換の表示を忘れ、車内を散らかし放題にしている状況からも察しられよう。

規律を守り毅然としたドイツ系ユダヤ人の父親と、感情が豊かな東欧系ユダヤ人の母親の気質を受け継いだらしいウィルヘルムは、きわめて対照的である。

父親は、不出来の息子を持ったほかの老父の苦労を見ており、息子の苦境を知っていても、それを援助し始めると際限がなくなることを恐れている。それが果たして正しい態度であるかは、議論の余地があるかもしれないが、一面では、息子はいつまでも親に甘えるような態度から足を洗うべきであろうし、老いた父親としては、自分の近づく死に対応するだけでも大変であるのに、息子の混沌や無秩序に巻き込まれたのではやりきれない、という思いは尤もであろう。

そもそも医師として勤務していた時代の父親は、研究室か病院か講演かと多忙であり、息子と過ごした時間が少なく、息子への配慮も乏しかったかもしれない。それでも父親は息子の不潔な習慣を苦々しく思い、ホテルの部屋をもう少し清潔に保てないのか、食事の際にせめて手を洗わないのか、といぶかる。父親と息子の間柄として、ささやかなことさえ気になって仕方がないのである。客観的に見れば、こうした親子関係は、ユーモアを込めて、巧みに描写されている、と言えるかもしれない。

4　タムキン博士

かくして求めても父親の暖かみを得られないウィルヘルムの心の空洞に忍び込むのは、同じホテルに住む通称精神科医のタムキン博士である。

タムキン博士は、あたかもウィルヘルムに催眠術をかけようとするかのように、多くの物語を語りかける。

タムキン博士が次々と語る物語は、聖書やタルムードや伝説などより湧き出てくるユダヤ人の「豊かな物語性」を連想させよう。それがウィルヘルムの困惑した心に染み込んでゆき、彼の想像を掻き立てるのである。それは、十七世紀にユダヤ教神秘主義ハシディズムの創始者バール・シェム・トーヴが、そしてその曾孫であるブラツラフのラビ・ナッフマンが、物語を用いて信者たちに語りかけているかのようである。

タムキン博士は、金銭で頭がいっぱいになると、仕事ができなくなると言うかと思えば、金銭を考えないときに最も良い仕事ができるなどと調子のよいことを口走る。それでいて「真の自己と虚偽の自己」などウィルヘルムを感動させる内容も口にする。また、タムキン博士は、（とうてい天才でなければ不可能と思えるような）豊富な人生体験を積んでいるのである、とのたまう。さらに、人類の救済者を気取って、「精神の覚醒」を果たせば、人は偉大になれる、したがって、精神を集中させ、高次の意識に至るために、この日をつかめ、と説教する。これらは、カバラーの説く内容を連想させるものではないか。

おそらくタムキン博士は、詐欺師であり、ペテン師なのであろうが、そうした人物がウィルヘルムの修復に一役買ってゆくところが面白い。一方、主人公は、自分の存在意義を探ろうとし、人生の叡智という話題に弱いために、タムキン博士の小ざかしい口調に乗ってしまうのである。

実際、タムキン博士は、言葉巧みにウィルヘルムを欺き、虎の子の七百ドルを株に投資させてしまうなど、ハワード・シュワルツの編集したユダヤ民話『リリスの洞窟』（Schwartz）などに登場してくる悪霊を連想させよう。ただし、彼はウィルヘルムにとって有益な言葉も吐いているのである。

5　ユーモアのレンズを通して

前述したように、ウィルヘルムと父親やタムキン博士との関わりをユーモアの観点から眺めることも可能である。

たとえば、父親アドラー博士は、息子の拙速な性格は母親ゆずりであると言いたいのであろうが、これは以下のようなユダヤ人のユーモアを連想させる。

「出エジプト記」において、モーセとの約束を再び破った古代エジプトの国王ファラオを、「とんでもないやつだ！」とモーセの兄アーロンはののしる。すると、アーロンの妻が「そんな風に言っちゃいけないわ。私たち皆、神様が創造してくださった、アダムとイヴの子孫じゃないの。ひとつの家族なのよ。ファラオだってそうよ」。そこでアーロン、答えていわく、「その通りさ、ただし、ファラオは、お前の家系だよ」（『ユダヤ人のユーモア百科事典』Spaulding, 10)。

また、ウィルヘルムは自らの失敗続きの人生を、父親や妻やタムキン博士に対して、そしてホロコースト生存者のパールズ氏に対して、語るのである。その口調はもどかしく、そしてその内容は悲惨であるかもしれないが、われわれ読者は、そしておそらく作者ベローは、その様子をユーモアのレンズを通して眺めているのである。

ここでひとつの比較として、バーナード・マラマッドの『アシスタント』（Malamud）を挙げよう。この中で善良な雑貨店主モリス・ボーバーは、日々十六時間働いても貧困に苦しんでいる。大不況下のことであり、それは確かに頷ける面もあるが、それにしても日々十六時間も勤めているのに、十分食べてゆけないということは、ある意味で喜劇的ではないか。ただし、これには更なる見方が可能であろう。すなわち、ロシアより移民として渡米したモリスは、おそらく手提げの行商、手押し車の行商、荷馬車の行商へと進み、コツコツと小金をためて雑貨店を購入し、ユダヤ人の貧民街から抜け出したのである。これはそれなりにひとつの成功物語である。また、貧しいとは言っても、彼の雑貨店は地下室を備え、間借り人を置く部屋さえある。

そこで、モリスの世代は、残念ながら、彼の性格や大不況の影響によって、これ以上の成功を望めないとしても、彼のアシスタントとなり、おそらく彼の娘ヘレンと紆余曲折の末に一緒になり、店を継ぐかもしれないフランク・アルパインの世代はどうであろうか。モリスよりはるかに創意工夫に富み、精力的である彼は、もしかしたら大不況を潜り抜け、メイシーやブルーミングデイルやギンベルのような大百貨店の経営者へとのし上がってゆくことも夢ではないかもしれない。

さて、ウィルヘルムの場合に戻ると、不完全な者同士でも、そこでは愛によって結ばれるという、万物の相互関連を説くカバラー思想を思わせる「より大きな存在」(84)を覚える。

また、ユダヤ人にとって人生の修復をもたらすかもしれない贖罪の日（ヨム・キプール）に近づき、ユダヤ教会堂（シナゴーグ）において、見知らぬ死者に遭遇する最終場面において、新たな人生の可能性を示唆してゆくのである。

6　ウィルヘルムの今後

最終場面で、心の内なる障壁が取れたかのように思えるウィルヘルムは、目くるめく光が存在する世界に沈んでゆく。その光は、「無限なる者」の輝ける海に飛び込んでゆく様子をわれわれに連想させよう。箴言二十章二十七節にもあるように、ウィルヘルムの精神は、「主の明かりのように、彼の心の内奥をくまなく照らし」てくれるよう祈るものである。彼は、自らの心の奥底に向かって深く降りてゆき、やがて高次の意識に到達することであろう。そして、そのように高められた境地に達してこそ、広大な天界の輝かしい調和を会得し、それを味わうことができるであろう。

ウィルヘルムはこれまでの人生において、自己の深い核となる部分に寄り添って物事を決定したことがなかったかもしれない。そうであるならば、これまでの人生の「清算日」において、偶然にも他者の死に遭遇して大いなる涙に洗われ、自己の深い部分に沈んでゆくように見える最終場面は、彼の今後の人生の変容を示唆しているのではないか。すなわち、彼は再び浮かび上がってくるときに、自己の核となる部分に寄り添って、今後の人生を修復(ティックン)してゆくのではないであろうか。

ユダヤ神秘主義カバラーが強調するものの中に、生きることとの集中とその方向付けがある。これをウィルヘルムに当てはめてみよう。彼は、よく見れば、豊かな精力や感情や想像力など素晴らしい潜在能力を秘めているのである。ただ、惜しいかな、気持ちが拡散し過ぎている。もし、彼が優先事項に集中し人生に方向付けを得られたなら、素晴らしい成果を出すことであろう。

『この日をつかめ』を通読して感じることのひとつは、集中と方向付けの大切さであり、それはカバラーが繰り返し説いていることである。精神を覚醒し、方向付けを定め、自己の核に添って優先事項となるものに集中せよ。これがウィルヘルムに対して、作者が訴えていることではないであろうか。

ウィルヘルムは、「人が希望して変われることは実に少ない」(24)と嘆く。これは、八方塞の彼としては、正直な気持ちかもしれない。しかし、ユダヤ人の歴史を振り返るならば、彼らはしばしば危機的な状況に追い込まれ、尻に火がついたような状態に陥り、そこで変わらねば存続できない状況を幾度もくぐってきたのではないだろうか。それは、流浪にしても、迫害にしても、イスラエル建国に関しても然りである。同様にして、「清算日」を迎えたウィルヘルムも待ったなしの状況に追い込まれ、自己の核へと深く沈んでゆく過程を経て、変容するのではないであろうか。

それでは、人は何を持って物事に集中できるか。そのひとつの答えは、死に直面し、死を意識し、翻って生を愛することであろう。死に直面することは、『この日をつかめ』のみでなく、ベローのほかの作品においても重要な局面を形成しており、また、ベローは『ソール・ベローとの対話』においても、死を想うことで生を活性化する心理的な影響を繰り返し述べている。

死を意識する人は、自己管理や時間管理に厳しくなるであろう。「されば、人、死を憎まば、生を愛すべし。存命の喜び、日々に楽しまざらんや」（『徒然草』）。これまでのウィルヘルムのように、闇雲に物事に突き進み、精力を浪費する生き方は、修正されてゆくであろう。まだ四十代の半ばであり、精力にあふれた彼のことであるから、今後の人生に希望が無いとは言えない。

ちなみに、日本の古典をこよなく愛した作家、中野孝次は説く、「死はただちにくるというこの一事を、人は何よりもまず心に置かねばいけない。人がもし本当に死を憎むのなら、生きてある今を愛せ。自分は何が一番したいのか、優先事項を決定し、自分にとって一日が全人生であるかのように生きよ」（『すらすら読める「徒然草」』）。そして、「人は死の自覚あってこそ生が輝く」(『いのちの作法』22)と。

こうした最終場面は、カバラーの説く人生の神聖さ、高次の意識に至る人の可能性を表わしていると思われる。

7 おわりに

『この日をつかめ』は、父親と息子の関係、夫婦の関係、詐欺師との関係をユーモアに包み、シュレミールの中に潜む潜在能力をユダヤ神秘主義カバラーと絡めて描写したことによって、人の可能性を読者の心に刻み込む作品と言えようか。

実際、各人はその人生においてもいくつかの変貌を遂げるであろうし、それは各世代が特有の大きな事件を体験して変容を遂げることにも似ているであろう。人は変貌を遂げる過程において、神の摂理を感じ、各人に与えられた使命を覚え、より深い自己の理解や人生の目的に目覚めることもあろう。

ウィルヘルムの物語は、『雨の王ヘンダソン』や『ハーツォグ』など、奮闘の果てに集中すべきものを見出す作品内容を強く連想させるものである。

第6章　生の探求者――『雨の王ヘンダソン』

1　はじめに

身の丈一メートル九十三センチ、体重百四キロの巨漢、三百万ドルの財産を相続した億万長者、そして五十五歳を過ぎて人生に行き詰まったコネティカット州のヤンキーが、叡智を求めてアフリカの奥地へ赴く。ソール・ベローの五番目の小説『雨の王ヘンダソン』(1959以下、『ヘンダソン』と略す)は、三作目の『オーギー・マーチの冒険』(以下、『オーギー』と略す)より発展した作品である。

共に回想形式であるが、『ヘンダソン』は、「人の性格はその運命なり」(3)という前提を肯定しようと綴られる『オーギー』から一歩前進し、最初から肯定を述べた形になっている。すなわち、「強大な抑圧者と思われた世界も、僕からその怒りを取り除いてくれたのだ」(3)と。では、いかなることが主人公を人生の修復へと導いたのであろうか。これを知ることを期待して、われわれは読み進むわけである。

文体は、哲学的・神話的・幻想的・喜劇的であり、大変味わい深い。ただし、ベローは、『ヘンダソン』や『ハーツォグ』を書くために、『オーギー』で発展させた文体を抑える必要があった」(『仕事に励む作家たち』Plimpton, 183)と言う。確かに、厳密に秩序立てず、気持ちの赴くままに語りまくるオーギーの「無手勝流」は、洗練され、ヘンダソンの心理に応じてしなやかに変化してゆく。

作品内容においても、ほとばしり出る内容が抑えきれない『オーギー』に対して、『ヘンダソン』ではベローの百科事典的な思想の蓄積が小刻みに放出されている。以前は奔流の中で疲れを覚えた読者は、今度はそれを効率よく呑み込むことができるのである。また、「現代の主要作家では顕著な理論家」（『アメリカのモラリスト』Scott, 103）と呼ばれ、理論家を総動員し、「すべてにおいて過剰だ」（455）とオーギーを嘆かせたベローは、今度はそれをリリーとダーフ王のみに絞っている。

さて、大男で精力的な二作品の主人公たちは、広大な社会的・心理的・神話的な領域を移動し、心の旅・魂の冒険を経て、自己の本来の姿や人生の叡智を追い求めるが、その探求の動機づけは似通っている。オーギーが人生の軸線、つまり、「真実、愛情、平和、寛大、有用、調和を包含する理想の生き方」を探すことによって、「急激な変化、短い命に対する恐怖」（455）に対抗しようとするならば、ヘンダソンも死が機会を絶つ前に人生の叡智を得たいと願う。「この世はすべて混沌が支配しているわけではないこと。夢の中を弱々しくせわしげに孤立無援のまま忘却へと急ぐことが人生ではないこと。……たとえば、芸術によって、速度は抑えられ、時間は分け直される」（175-6）と。両者とも日常的な出来事に巻き込まれて奮闘しながら、それを超越する何らかの「定点」を希求するのである。

ところが、二人の探求の主な舞台が作品に占める割合を比較すると、オーギーのメキシコは十四章から二十章までであるが、ヘンダソンのアフリカは五章より二十二章までと、一層拡大している。これは興味深いことではないか。振り返れば、オーギーが（そしてベローが）試みた、不条理な現実を超越して偉大な人間性へ到達しようとする事業が失敗に帰したのは、ほかならぬメキシコにおいてであった。そこで、一敗地にまみれたオーギーの敗者復活戦のために、ヘンダソンはあの幻想的で異国風の場所メキシコを作品一杯に引き伸ばしたかのようなアフリカを、奮闘の場所として与えられているのではないか、と思えてくる。

まだ三十代で、性格が純粋であり過ぎたオーギーに対して、五十六歳にもなろうとするヘンダソンは、清濁の両面で深みを増している。彼は八方破れの豪放さを示す。そして、「この僕を見てくれ、あらゆる場所へ現われるのだ」（536）と自慢するオーギーでさえ旅しなかったアフリカへ行き、そこでオーギーが最終場面で積み残した課題である、「未発見の領土」、闇の奥へと踏み込むこと、を担ってゆく。

これが可能となる一つの要因は、ヘンダソンには環境論・決定論に対抗する条件が、オーギー以上に与えられていることである。彼は、政治・外交・学問の諸分野で名を挙げた祖先の末裔である。そのため、貧乏な家庭に生まれて苦学したオーギーには到底望みえない「金を損しようにもできない」(24)などというぜいたくな悩みを持ち、高名な学者であった父親の七光りで名門大学から修士号まで得ている。そのうえ、第二次大戦中には年齢不相応にもかかわらず将校として戦地に赴き、復員して養豚業に従事し、それに行き詰まればアフリカに飛び、それから帰還して今度は医師への道を歩もうとする。これらすべては、彼の自由意思による選択であることを、記憶にとどめたい。

かくして、ヘンダソンは精神的にも余裕を見せ、オーギーの張りつめた探求と比べると、それに自らの愚行を笑い、苦難さえも楽しむおどけぶりを加えて、喜劇的要素を増している。それはあたかもオーギーの「笑う動物」が、ヘンダソンの中で躍動しているかのようである。メアリ・アレンは、『花とチョーク』(Allen)の中で、悲劇に裏付けられた喜劇、人間の愚かさと崇高さ、そして笑いの対象となり且つ愛すべき人間、を描くベローの「喜劇の二面性」に注目し、それを状況、人間描写、文体、そしてユダヤ的背景との関連で論じ、『ヘンダソン』をベローの作品中、もっとも滑稽で肯定的なものと見なしている。そして、喜劇の要素がその明るい最終場面を作っているのだと解釈しているが、それは決して無理な見方ではない。「より精力的で、賢明で、男性的なものとして、(愚痴よりも)喜劇を選ぶ」(『ソール・ベローとの対話』Cronin, 68)と語るベロー自身に精神的な余裕が生じていたのであろう。

その精神的な余裕が、ベローの主人公としては珍しく、ワスプであるヘンダソンを設定したことに一役買っている。興味深いことに、ベローは、「ユダヤ人を泊めない」豪華なホテルに逗留したヘンダソンが支配人たちを閉口させる珍事（7）や、ユダヤ人の戦友が復員後にミンクの飼育をやると言うので、彼は豚を飼うという面当て（20）まで挿入するのである。おそらくベローは、ユダヤ問題と正面から取り組む、狭くかたくなな姿勢を嫌い、広い視野から現代問題を眺めるために、非ユダヤ系の主人公を選んだのだとも言えよう。それは、たとえば、『選ばれし者』（Potok）、『約束』、『始まりへの旅』などで、ユダヤの精神的な伝統を継ぐラビになる主人公を軸にして、真面目な作風で、内なるユダヤ人の世界から外界へと訴えかけるハイム・ポトク（1929-2002）の姿勢とは対照的である。

その広い視野において、ベローはオーギー以上の普遍性を狙う。オーギーは、「僕はシカゴ生まれのアメリカ人だ」（3）と宣言し、「僕に言える唯一のことは、この独立独歩の運命を求めているが、それは自分のためばかりではないということなんだ」（424）と言うが、ヘンダソンに至ると、それが一層拡大する。「何も僕だけじゃない……何百万というアメリカ人が、大戦以降、現在を取り戻し、未来を発見するために出かけている」（276）。そして、「世界に飛び出して、人生の叡智を発見しようと努めるのが、僕たち世代のアメリカ人が抱く運命なんだ」（277）と語る点で、あたかもヘンダソンとアメリカ国家全体の模索とが一致するかのような普遍性を獲得しているのである。

以上見てきたように、生の探求者オーギーよりヘンダソンへの発展は顕著である。

2　ヘンダソンのアメリカ

「ヘンダソンとアメリカ国家全体の模索とが一致するかのよう」であると述べたが、そのことを掘り下げるために、始めの四つの章で描かれるヘンダソンのアメリカを見なければならない。

すでに述べたように、ヘンダソンは名門の出である。彼の名前であるユージーンは、（T．S．エリオットの『荒地』にも用いられている）名門を意味するギリシア語に由来しているのかもしれない。相続税を差し引いてもなお三百万ドルと、広大な土地や家屋を受け継ぎ、最初の妻が嫌になれば慰謝料の額もかまわずに離婚し、すぐに自分の娘ほどの若さで美貌のリリーを迎えている。アメリカ社会が与える物質的な豊かさと自由を十分に享受していると言えよう。

それにもかかわらず、ヘンダソンが人生の叡智を求め、はるばるアフリカまで出向くのは、うわべの豊かさに反して、彼のアメリカでの生活があまりにも悲しみや混沌に満ちているからである。並外れた体躯と精力を持ちながら、五十五歳を過ぎるまで適職と呼べるものを見出し得ず、体力を持て余し、「僕は人生をどう営んでいいか、まるでわかっていない」(312) という状態には悲しみがあふれ、「僕の父母、妻たち、娘たち……」(3) という多数の類語の羅列からは彼の混沌振りがにじみ出ている。

こうした彼の惨状は、一つには、その家系より生じている。アメリカへ渡って以来、「二百年以上を経て」、建国の歴史をすべて体験した彼の家系には、高名な人物のみならず、悪辣な資本家肌の人物や、彼のように衝動的で愚昧な輩も多かったらしい。この末端に位置する彼は、罪意識に苦しんでいる。それは、祖先がインディアンや他の開拓者たちからだまし取った広大な地所を何らの努力もせず自分が譲り受けていることと、さらには、出来の良かった兄が事故死したために、愚かで父の覚えのめでたくない自分に跡継ぎのお鉢が回ってきたに過ぎないこと、が原因のようである。したがって、父の残した膨大な蔵書の中に「罪の赦しは永遠にあり、まず正しき行動が求められるわけではない」(3) という文句を見つけて感動はしても、愚かにもすぐにそれを見失ってしまう。

この罪意識と並んで、自分は現在の境遇にそぐわないという気持ちが、名門大学より修士号を受けた億万長者でありながら、もの知らずの浮浪者のような振る舞いを彼にさせているのである。結果として、彼は自分自身やその境遇に何ら積極的な価値を見出し得ないばかりか、他人から、社会から、現実から、そして自分自身からさえかけ離れている。このような状況では、明確な人生の目標や意味づけは、到底見出し得ないであろう。

しかし、さらに突っ込んでみると、彼の苦難は、その家系ばかりでなく、広く現代のアメリカの状況に根差している、と思えてくる。「重要な課題、大いなる征服は、一切が僕らの世代以前に片がついてしまった」(276)と彼は嘆く。したがって、「大いなる真実の情緒」(22)を常に必要とする彼にとって、その深い精神の渇きをいやす方法が、「狂気の時代」(25)においては見当たらない。彼の内なる声は絶え間なく「欲しい、欲しい」と叫ぶのに、それが何を求めているのか皆目つかめない。その「何か」を探して、自分ながらにいろいろ奮闘しても、結局はうまくゆかない。おそらく、年甲斐もなく戦地に出かけたり、復員後は養豚経営に没頭したことも、その「何か」を探す試みであったのかもしれない。こうした不満状態がいつになってもくすぶり続けるので、彼はやけ酒を飲み、荒れるのである。

これに関しては、ベローのエッセイ「訪印された宝」が参考になるであろう。それは、おそらく『ヘンダソン』執筆中の頃であろうが、イリノイ州の生活を記事にする依頼を受け、取材旅行でその地を回った後で発表されたものである。その中で、ベローは、アメリカの豊かな物質文明に酔いしれ、精神的な探求意欲を喪失した「愚者天国」(Pig Heaven)の人々を描いている。養豚業のヘンダソンは、まぎれもなく、その「愚者天国」の一員である。彼は復員した直後に、子供時代の夢であった医師への道を歩み出すべきであったのに、実際、それからの数年間を、『動物農場』（Orwell）を著したオーウェル張りの「豚王国」で「豚屋」として費やしてしまう。暗い戦争の影が尾を引いていたせいもあろうが、それは、知性は優れていても品性に欠けるオーウェルの豚同様、そして「死の宿命を担う豚」同様、人生や社会を愚かしいものと眺める期間であった。

「死の宿命」は常に彼の頭を離れない。五十五歳という年齢や戦争体験にもよるが、彼は非常に多くの死に遭遇している。父や母、兄や姉という家族の死に加え、「戦争の最終年には、千五百万もの死者を出したヨーロッパ大陸にいた」（136）。こうした多くの死との出会いを経て、彼が得たものは、死に対する恐怖の増大であり、なんとか死を回避できないかと願う無駄なあがきである。

物質的にはもはや何の不自由もないアメリカ人ヘンダソンにとって、「残されているのは最大の問題、死と対決する」（276）ことである。死を生の条件として容認できない限り、苦闘は避けられない。死に向き合おうとしなければ、生にも対処できない。彼が「真に求めているのは、死の不安を解消してくれるものなのだ」（172）と、ベローは、ジョン・クレイトンの著作（『ソール・ベロー——人間性の擁護』Clayton）の中で言う。

物質的には豊かで、有り余る精力を持て余し、精神的な探求の方向付けに迷い、死の恐怖に怯えている。ヘンダソンのこの姿を、ベローは、広く戦後のアメリカ人に当てはまるものとして描くのである。非ユダヤ人の主人公を設定した意味はここにもあろう。

ヘンダソンは戦後の生への模索を「僕の世代のアメリカ人が抱く運命」(277)であると見なし、「今や成ること(Becoming)を完了し、在ること(Being)の時期だ。魂の眠りを破れ。目覚めよ、アメリカ人よ!」(160)と叫ぶのである。彼が広くアメリカ人一般を象徴していることは、これからも頷けるであろう。かくして、アメリカ人の運命を担った主人公は、生と死に関する「根源的な」解決への糸口を求めて、アフリカへ、人跡未踏の領域へ、魂の暗黒部分へと向かうのである。

その主人公をベローは、オーギーや兄サイモン、そしてコブリン家やマグナス家の人々をも上回る大男に仕立て、アフリカの荒野を潜り抜けて生還する強い人間に描いている。その「強さ」は、たとえば、彼の「兵隊気質」に読み取れよう。軍人に対する一般市民を差別し、兵隊として不適格な連中を蔑視し、第二次大戦中の米国海兵隊の標語を叫び、独立戦争の際に米軍が厳冬を耐え抜いた谷ヴァレー・フォージ(320)のような要素を自慢する。また、「突撃隊員」として特殊訓練を受け、闘争にかけては「特別製の人間」(68)である彼は、アーニュイ部落でイテロ皇太子を格闘で打ち負かして尊敬を集め、捕らえられていたワリリ部落を「特別攻撃隊で習得した手」(324)によって抜け出す。「究極的な場面になってこそ俺の最上の特質が浮かび上がるんだ」(319-20)と、困難さが極まるときこそ真の力が湧き出てくるという。したたかな生命力である。

この強靭さに加えて、彼の性格は幅広い。一方で、「豚は僕自身の一部だ」（21）とのたまい、おぞましさにかけては、『この日をつかめ』のウィルヘルムを上回る反面、美に対する感性が信じがたいほどに鋭い。たとえば、豚を扱う荒々しい手は、バイオリンを奏で、悪口雑言を喚き散らす口は、ヘンデルの「メサイア」を独唱し、詩的な言葉も語る。また、外面の獰猛さに対する内面の傷つきやすさにも彼の性格の幅が現われている。「時には子供の身体全体にも匹敵する」（131）顔と、二人がかりでもないと絞められない「大きな首回り」（278）と、「巨大な堀のごとき」（163）口をして、「野心と希望の広大なる湾」（185）によって意気高揚するかと思えば、むせび泣きが「大西洋の海底から湧き上がる大きな水疱」（298）のごとくこみ上げてくる。性格の幅に正比例して、彼の感情表現は何とけた外れのものであろうか。自分の苦悩はアメリカの巨大さにも匹敵し、「目指す魂の充足が得られなければ、地球を破滅させせかねない」（282）と断言してはばからない勢いである。近くの老婆がショック死するほどの大声で激怒したり、泣いたり笑ったりライオンのごとく吠えたり……「霊感に踊らされ、組織的ではなく」（244）、感情豊かなベローの主人公の中でも、抜きん出た彼は、トニー・タナーが「ヘンダソンは人間状況の両局面に到達している。希望は巨人のごとく、失敗にかけては子供同様である」（『ソール・ベロー』Tanner, 75）と評したように、人間性のあらゆる様相を取り込んでいる。

この並外れた性格、さらにベローがジョン・クレイトンの著作の中で「高次の性質をあきれるほどに追い求めている」（『ソール・ベロー――人間性の擁護』Clayton, 167）と述べた探求者の性格は、遍歴の騎士道を再建する夢を追ったドン・キホーテのごとくである。あらゆる騎士道物語を耽読して理性を喪失する代わりに、医師であり宣教師のウィルフレッド・グレンフェルについて手当たり次第に読み、自ら作ったエスキモーの小屋で越冬するという奇行に走る。五十歳近くになって世の不正を正す遍歴に旅立つ代わりに、五十五歳を過ぎてから医師道を目指し、病気で苦しむ世の人々を救おうという。また、島の太守にしてもらう約束で妻子を見捨てる忠義なサンチョ・パンサの代わりに、ジープを目当てに同様の共になる現地人ロミラユを従えてゆく。駑馬ロシナンテに打ちまたがる痩身のドン・キホーテと、巨漢ヘンダソンが旅に出る姿は、誠に対照的であるにはしても、いったん何かを思いこむと、とことんそれを試さなければ気が済まないヘンダソンの性格や言動は、まさに極端なドン・キホーテを彷彿させている。

ベローは、このようにしぶとい生命力と幅広い人間性に加えて、極端な探求意欲を備えたヘンダソンをアフリカへ旅立たせるわけであるが、その前に初めの四つの章でいくつかの工夫を凝らしている。

それはまず、ヘンダソンを死に直面させ、「死に滅ぼされて、何一つ残りはしない。残るのはがらくたばかりだ。……まだ何かがあるうちに、ほら、今のうちに、何が何でも抜け出すんだ」(40)と生の探求へと駆り立てていることである。これは、前作『この日をつかめ』の最終場面からの発展を思わせよう。

次に、ベローは、「亡き父がヘンリー・アダムズの友人であった」と序章でヘンダソンに語らせながら、二章ではシャルトルの聖堂で妻リリーを相手に酔っぱらい、自殺をほのめかす彼の姿を描く。あたかも、ヘンリー・アダムズが『モン・サン・ミシェルとシャルトル』(**Adams**)で求めた中世の統一世界にすがることは、いまさら無理であるし無意味である、とでも言わんばかりである。

三番目には、ドライサーの作品を連想させる場面を挿入している。二章の最後でリリーとケンカ別れをしたヘンダソンが水族館に入り込み、そこで暗い深海で触手を広げて待ち構えているようなタコを見て、冷たい死の予感に脅える場面がある。これは、ドライサーの『資本家』(**Dreiser**)の冒頭で、フランク・カウパーウッドが、やはり、水族館で大きなエビがイカを食べてゆく光景を眺め、敵意に満ちた世界での適者生存の法則を学ぶ場面のパロディーであろう。

そして、四番目に、T. S. エリオットの『荒地』のパロディーを含む。それは主人公が、黒人の捨て子を取り上げられて意気消沈した娘ライスィをロード・アイランド州プロヴィデンスの伯母のもとへ預けに行く場面に見られる。ここでは神意（Providence）に任せようとするヘンダソンの切羽詰まった感情が窺えるが、結果が上首尾でない故に、帰り道では、『荒地』のチェスの代わりに、トランプで独り遊びをしながら、飲んだくれて、駅のホームで「呪われてるぞ、この土地は」（38）と管をまく。このように状況の愚かしさに対して大げさな言葉が響くのは、『荒地』の状況のパロディーである。

こうしてベローは初めの四つの章においてさりげなく、『この日をつかめ』の内容を盛り込み、中世の統一社会やドライサーや『荒地』の状況に揶揄を放つ。その後で、怠惰で（idle）荒涼とした（wild）彼の人生を要約しているかのような場所、アイドルワイルド（現ケネディ空港）を背にして、主人公を旅立たせているのである。こうした要領のいい構成のおかげで、普遍性を担う主人公の現状把握がきちんとなされ、敗者復活戦において先取点をとることが期待されるがために、すでに論じた『オーギー』からのさらなる発展が可能となるのである。

3　ヘンダソンのアフリカ

怠惰で荒涼とし、混沌とした現代文明の束縛を断ち切って、生きることの原点に戻りたい。このように願うヘンダソンが、最初に旅の道連れとした友人チャーリー夫妻の豪華な近代装備に疑問を抱き、結局は彼らと別れるのは当然の成り行きである。チャーリーの妻と馬が合わないのは、別れの本当の理由ではない。

この後は、精神的な探求の意図を察知してくれた現地の案内人ロミラユと二人だけで、徒歩旅行をしながら、文明の利器を次々と捨ててゆく。やがて、人の足跡も絶え、植物の影さえも減り、日数も忘れるほどに簡素化された太古の状態に至るが、それはヘンダソンの心に素晴らしい影響を及ぼしている。

このように、オーギーやウィルヘルムにとっては願望に過ぎなかった「簡素化」を実践し、死が機会を絶つ前に人生の叡智を求め、「われ生きんと欲す、故にわれあり」の姿勢が顕著な生の探求者ヘンダソンに注目する時、そこに十九世紀アメリカの超絶主義者であり、人生の本質を大切にして生の簡素化を訴えたヘンリー・デイヴィッド・ソローが思い出されても、少しも不思議ではない。「僕が森に行ったわけは、僕が慎重に生きようと欲し、人生の根本的な事実のみに対面し、それが教えようと持っているものを僕が学べないかどうかを知ろうと欲し、僕がいよいよ死ぬ時に、自分は生きなかったということを発見することがないように望んだからである」という『ウォールデン』(Thoreau, 105) におけるソローのこの言葉は、アフリカのヘンダソンにもそのまま当てはまることである。

さて、ヘンダソンの旅は、この後、アーニュイ族とワリリ族という対照的な二部族への訪問に至るが、その前にベローの描いたアフリカの特質を見ておくことにしよう。

そこには、大学で文化人類学を専攻したベローの知識より成る細やかで具体的な描写が多い。たとえば、アーニュイ族の牛に対する深い愛や、牛に関する無数の語彙、彼らの女王の一人であるムタルバのごとく超肥満体の女性を美人とする風習や、格闘を通して知己を得る習慣、などがある。また、ワリリ族のダーフ王の衣服、彼の多数の妻たちの献身ぶり、王の飲食を人前にさらさない風習、王に対する部族民の敬意の示し方、王の身近に置かれている頭蓋骨、逆さ吊りにされて処刑された部族民、雨乞い祭り、ハンモックや日傘、王の埋葬法、子ライオンが王の魂を宿すという信仰、などが加わる。ユーセビオ・ロドリゲスの論文「ベローのアフリカ」(Rodriguse) によれば、ベローがこのように具体的なアフリカを描写する基礎資料としたものに、彼の大学時代の文化人類学教授の著作や、『ヘンダソン』にも顔を出す英国探検家リチャード・バートン (280) の作品など、があったらしい。

しかし、具体的な描写が多いと言っても、これは本物のアフリカではない。「まったくの作り事である」(172) とベローがリーラ・ゴールドマンの著作『肯定と多義性――ソール・ベローの小説におけるユダヤ教』(Goldman) で述べるように、このアフリカは、彼の文化人類学の知識と想像力が巧みに融合した知的創造の産物である。したがってそれは、あのヘミングウェイが自然を謳歌し、狩りを楽しみ、人生を楽しむ『アフリカの緑の丘陵』(Hemingway, 1935) で描いたアフリカとは異なるが、客観性を欠いたその描写に比べれば、はるかに起伏と陰影に富み、鮮やかで劇的な出来栄えとなっている。

ベローのアフリカは、むしろ、コンラッドの『闇の奥』(Conrad) に描かれたものに近い。ノーベル賞受賞演説にも明らかなように、ベローはコンラッドに関心を抱いている。アフリカの奥地開拓をしている会社に雇われた河船の船長マーロウが、ヘンダソン同様に回顧形式で語るこの中編では、コンゴ川を遡って行くことは、ヘンダソンの場合と似て、「太古に戻ってゆくよう」(52) である。河船の一行は、「有史以前の大地をさまよっている」(55) ともいう。マーロウはアフリカ奥地に象牙採集のために駐在しているドイツ人クルツに会いに行くのであるが、そのことは彼にとって「精神的な探求」とも関わっている。さらに、この中編では「闇の奥」という言葉が五回用いられているが、『ヘンダソン』では「闇」という語が頻繁に目につく第十六章において、主人公はダーフ王に従って実際に闇の奥へと入ってゆくのである。

つまり、これはヘンダソンの内面探求を促進する場所として、ベローの想像力によって構築されたアフリカである。さらに突っ込んで言うならば、これはヘンダソンの内面の様相を象徴するアフリカである。「人間だれしも、めいめいのアフリカってものがあるらしい」

(275)と彼は言う。その言葉通り、ヘンダソンのアフリカは、これまでの人生の浪費を嘆く彼の内面を象徴して荒涼としており、暑さ、赤色、熱病、乾きがその荒々しい性格を際立たせ、長期の旱魃、飼っている多くの牛の死、多数の部族民の処刑、派閥争い、王を陥れる陰謀、ライオンとの対決、王の死、と厳しい現実が交錯する場所である。文明と野蛮とが入り混じった奇妙な地帯でもある。前述のソローも『ウォールデン』において言う。「アフリカは——西部はいったい何を意味するのか。われわれ自身の内部は海図の上で白いままになっているのではないか？　もっとも、発見してみれば海岸地方のように、黒い、ということが分かるかもしれないが」(341)と。つまり、人間は誰しもが探求すべき「心のアフリカ」を持っているということである。ヘンダソンが「通常の行程から外れて」(44)進むのも未開拓の魂の原野を探求するために他ならない。(前述したヘンダソンの性格の幅は、このことと無関係ではない。)すると、ヘンダソンのアフリカの旅は彼の内奥の旅となる。「世界は一個の心なり、旅は心の旅なり」(167)と実際に彼はつぶやく。そして、これもソローの『ウォールデン』における以下の言葉を連想させるのである。「君の眼を内に向けよ。しからば君の心の中にまだ発見されなかった一千の地域を見出すであろう。そこを旅したまえ、そして自家の宇宙誌の大家となれ」(341)。後にヘミングウェイとの比較で再び触れることになるが、ソローはアフリカにおいては、「自分自身を射当てること」(341)を勧めるのである。

さて、ロミラユとの簡素化された砂漠の歩行を経て、最初のアーニュイ部落に到着するヘンダソンは、その「古さ」と「光り輝く光景」を強調する。ノアの洪水以前にさえ人々が定住していたという古のバビロニアの都市、ウルの都よりも古い、「始原の部落」(47) であるという。この古さと光り輝く様子とを合わせ見れば、この場所は、ギリシア神話における「黄金時代」を連想させよう。ここに至って、アメリカにいたときとは打って変わって、ヘンダソンが生き生きとしていることが注目される。アーニュイ族は牛を彼らの親族と見なし、その肉を食べることは人肉食いにも等しいとして避け、その乳を主たる栄養源とする平和主義者である。このように善良な人々の中で暮らせば、良い方向への自己の修復も可能であろう、とヘンダソンは思う。

ところが、このあたかも「黄金時代」の民のごとき善良な人々を、ユダヤ聖書に記されているようなカエルの禍が襲う。大旱魃のさなかにいずこからともなく現われて、アーニュイ族の唯一の貯水池を占拠したカエルを、怒れる神の呪いと見なすあまり、彼らが肉親同様に愛している牛たちが水を飲めずに命を落としてゆく。人生の叡智にあふれ、(サムラー氏と同様に) 片目がないにもかかわらず、鋭い観察力でヘンダソンの生きる衝動を見抜く女王ウィラテールも、文明社会を体験しているはずの皇太子イテロも、現実問題であるこのカエルの害については成す術を知らない。

アーニュイ族は、「発展にむらがある」(87) とヘンダソンは思う。彼らは、人生の叡智に恵まれているかもしれないが、現実問題に対しては成す術を知らない。荒々しく野蛮な現代社会を生き抜いてゆくためには、あまりに優し過ぎる人々と言えるかもしれない。そして、不明なものは神の呪いと見なして、愛する牛たちをもその犠牲としている生き方はどうであろうか? ここでヘンダソンは、親しみを増した皇太子イテロに対して、「生き延びて、また別の習慣を作り出す」(62) 積極的な生き方を説いているのである。

そこで、ヘンダソンが(鋭い美意識とともに) 持っている実際的な面が、アーニュイ部落で発揮されることになる。彼は軍隊時代の技術を活用して爆弾を作り、カエルを爆死させようとするのである。しかし、結果は、予想を超えたその爆発力によって、カエルはおろか、貯水池までも吹き飛ばしてしまい、女王ウィラテールよりさらなる人生の叡智を学ぶ機会も失われ、ロミラユと共にすごすごと部落を立ち去ってゆく。

しかし、われわれはここでヘンダソンが屈辱と絶望の中から新しい心境を吐露していることを見逃してはならない。「人間は生き続けてゆくもので、事態は、いずれ良くなったり、悪くなったりする……つらい目にあっても死んでしまわない限り、人間という者はどうにかしてその体験を作り替え、また利用さえし出すものである」(114)。

いまさら故国へ帰っても死人同様の生活をするだけだと思うヘンダソンは、忠実なロミラユの協力で、次は皇太子イテロからも耳にしていたダーフ王のいるワリリ部落へと歩行を再開する。ワリリ族は「闇の子ら」であり、平和主義者で「光の子ら」であるアーニュイ族とは対照的に、その名前ワリリが暗示するように好戦的（warlike）で、大量処刑さえしばしば行なっているらしい。ワリリの土地は、いわば、『宙ぶらりんの男』ジョウゼフが避けようとする「汚らわしく、野蛮で、しかも束の間」の世界、『犠牲者』のレヴェンサルがオールビーの出現と子供の死とによって引きずりこまれる世界、オーギーが常に意識するが直面することを避け続ける世界、そしてウィルヘルムが呻吟する冷酷で油断のできない世界、と対比できるであろう。

ワリリ族に待ち伏せを受けて捕らえられたヘンダソン主従は、食事も与えられず長時間待たされた挙句、小屋で死人とともに寝る羽目になる。この奇妙なもてなしには、ダーフ王とその反対派との確執が絡んでいたことが後で判明する。死体と寝ることを拒み、危険を冒してそれを谷まで背負ってゆくヘンダソンは、つまり王の反対派によって力を試されたのである。その証拠に、かろうじて死体を谷底に投げ捨てた後で、彼は見つかってしまうが、発見した男からは「敬意さえ感じ取られた」（142）。そして、すぐに「訊問官」によってヘンダソンの体格検査がなされるのである。（こうした一連の珍事は、作品に大きな喜劇的要素を与えている。)

部落に到着した翌日、どことなくヘミングウェイの『日はまた昇る』(Hemingway)の祝祭を思わせる雨乞いの祭りが展開し、その主要行事である巨像マンマを持ち上げることにおいて、ヘンダソンは彼の力を試される。渾身の力を振り絞ってそれに成功した結果、彼の精神の眠りは破られ、不毛の土地に生命の復活をもたらす聖なる恵みの雨が落ちてくる。

ここでベローは、四つの挿話を周到に用意して、五十五歳を過ぎた人間が成し遂げた離れ業を正当化しようとしている。それはフランスで車を自分で持ち上げてタイヤ交換を行なったこと(18)、戦争中に爆破された橋を工兵の到着まで支えていたこと(86)、かつて重量挙げの訓練を積んだこと(182)、そしてワリリ部落で重い死体を運んだこと、である。それにしても、巨像を持ち上げた途端に、実際に雨が降ってくるとは、ダーフ王も認めるように、「ごくまれなこと」(208)であり、ヘンダソンは(オーギーとも似て)極めてまれな強運の持ち主であるに違いない。

この結果、ヘンダソンはワリリ族の「雨の王」になる。これはダーフ王に次ぐ地位で、この地位にある者は王に不幸が生じた場合、そして彼に成人した子供がいないときには、その後継者になれる資格を持つのである。ただし、雨乞いの祭りで再び巨像を持ち上げる体力を喪失したならば、(先代の雨の王のごとく)扼殺される運命にあるという。

さて、かつてはイテロとともに文明社会を旅して、今一歩で医学博士にもなれたであろう高度に知的な王と、彼を取り巻く野蛮で因習に満ちた世界との強烈な対照が、われわれの興味を引く。その中でヘンダソンが人生の修復の最後の拠り所としたダーフ王は、人間の想像力に信頼を寄せ、人間の変貌に関心を抱いている。変貌するのに遅すぎることはない、人間は想像力によって憧れの対象へ徐々に接近できる柔軟な生物であるから、気高い自己概念を抱け、と王は説くわけである。

なんと六十七人の妻を従え、ヘンダソンと正反対に、自己や周囲の世界と調和しているかに見える王ではあるが、彼にも妻たちを満足させる精力が衰えたときには、部族の高僧によって扼殺される運命が待ち構えている。この意味で王は常に死と隣り合わせに生きながら、ヘンダソンと対照的に、泰然と振る舞う余裕を身に着けている。それは、先王の魂の宿るライオンを生け捕りにして飼いならす部族の風習により、幼時からライオンとの親密な交わりを経て、その気高い資質や活力を体得してきたからだ、と王は言う。

「けた外れの人物で、けた外れのことをする」(251) 王は、闇の奥の洞窟で雌ライオンを用いて、ヘンダソンに死の恐怖を飼いならす荒療治を展開するのである。言語に絶する恐怖におびえる主人公も王との信頼関係を失いたくない一心でライオンに直面し、果ては王の勧めによって四つん這いになり、その咆哮を真似てゆく。

ライオンはダーフにとって、死の超克を与えてくれるだけでなく、天与の資質を最大限に出し切って生きてゆくことを教示するものである。アーニュイ族の女王ウィラテールによって内在する生への衝動を指摘され、有頂天になったヘンダソンではあったが、生きようとする熱意だけでは不十分なのであった。「どんな形で生きてゆくのか」（233）を定めねばならない。その模範をダーフ王は、「生来の資質に逆らうことをしない、与えられたものに百パーセント合致している」（263）ライオンに求めよ、と言うのである。

確かに、せっかくの優れた資質を持ちながら、それを生かし切れていない主人公にとって、これは生き方の革命につながるものかもしれないが、そのための手本が人間ではなく、ライオンであるとは、驚きである。四つん這いで、あらん限りの声を絞って咆哮するヘンダソンは、人間的な束縛より解放される瞬間さえ味わうが、その彼に最後に残されるのは、「人間的な憧れ」（267）である。動物を真似ることを経て、人間性を再確認する端緒として、これは意義深い。

ただし、こうした途方もない荒療治が十分に進展する前に、王は反対派の策謀によって命を落としてしまう。その時に王の血がヘンダソンの身体一面に付着するが、これは王の存在を引き継ぐという印ではあるまいか。ダーフ王は、体格も彼に匹敵し、「同じタイプの天才」（216）であるヘンダソンが、「王たるにふさわしい器」（315）であると見込んで、アメリカでは絶望視された男が望むならばアフリカで自分の跡を継ぎ、新しい人生に船出できるように配慮したのであった。

ところが、ヘンダソンは、王になれるその機会をつかもうとしない。ダーフ王を葬った反対派の監視のもとに生きてゆくこと、そして人間としての交わりの少ない環境で生きてゆくことに、彼は耐えられない。それに加えて、文明社会ですでに二人の妻にさえ手を焼いた彼である。六十七人もの野蛮人の妻との交わりにどうしてうまく処してゆけようか。

彼はロミラユとともに閉じ込められていた王の墓場より例の「特別攻撃隊で習い覚えた手」を用いて脱出するが、それは人生の修復のテーマが奏でられる場面である。

4　ヘンダソンの変貌

ダーフ王は死に、自分は生き延びたアフリカで、「人生の根本的な問題のいくつかに触れてきた」（331）ヘンダソンは、がらくたに埋もれていた故国の生活を「簡素化」を経て清算し、本質と余剰とを識別する眼を得たと言ってよい。これにより彼の人生の方向付けが定まり、オーギーに代わる敗者復活戦に生き残ることができるであろう。

より具体的な彼の変貌は、以下のとおりである。

ダーフ王の代わりに死ぬことを願った体験を通して、自分の問題だけで常に頭がいっぱいであった男が、利他的な博愛主義者へと変貌してゆく。気高い自己概念を求めた亡き王の魂が宿る子ライオンに「ダーフ」と名付けて故国に連れ帰り、自らもライオンを意味する名前「レオ・ヘンダソン」によって医学の道を志し、病める同胞を救済したいと願う。

苦難の旅を経て、「この二十日間に二十年分も成熟した」（282）と強調する彼は、他人に対する軟化した態度によって、それを具体的に示してくれる。いったんは別れた友人チャーリーに感謝し、敵意を示したチャーリーの妻をさえ自らの非礼を省みて無理からぬことと許し、自分の妻リリーへの理解と愛情も深めている。また、優れた兄を亡くして自分に毒づいた父親の心理をいまになって理解し、亡き父親を受け入れている。さらに、以前は私的な願望が先行し、他人の状況にまでは頭が回らず、性急な行動に走って、失敗を重ねたが、「欲するのは、彼女であり、彼であり、彼らであるべきだった」（286）と悟る彼は、世間の人々と折り合って生きてゆく新しい態度を身に着けている。

さらにもう一つの新しい態度は、過去を積極的に評価しようとする動きである。「結局のところ、長生きをしたというのも、まんざら悪いことではないさ。過去のうちにも、ある種の利益が見つかるものだ」（336）と思う。

その過去の思い出に、年老いた熊スモラックが登場する。兄ディックの死後、残されて老いた父が、自分の不出来さに絶望し激怒していることにひねくれ、十六歳のヘンダソンは家出するが、放浪中の雑役の中に、スモラックと遊園地のローラーコースターに乗り、見物人を喜ばせるものがあった。スモラックもヘンダソンも共に見捨てられた存在であるので、愛情で結ばれていった。豚に取りつかれる以前に、すでにこの熊から深い影響を受けていたのだ、とヘンダソンは述懐する。「スモラックは、生活というものをたっぷりと眺めてきて、あの大きな頭のどこかで、生き物にとって、この世に不純ならざるものなど見当たらない、と見抜いていたに違いない」(339)。このように述べるヘンダソンに、ありのままの世界を容認する態度の芽生えを見ることができよう。これは自然の「リズムに調子を合わせて生きなくちゃいかん」(329) という気持ちにも通じるであろう。

このことはしたがって、冒頭の混沌がもはや彼を圧迫するものでないことを意味するであろう。そこで、「強大な抑圧者と思われた世界も、僕からその怒りを取り除いてくれたのだ」(3) という言葉が頷ける。序章と最終章がここで結びつくことになる。

彼を悩ませてきた死に対する態度も、次の言葉に示されるように、すでに変貌し始めている。「ダーフ王は再び見られないし、やがて自分もそれっきり見えなくなってしまう。ただ見るべき要素、つまり水と太陽と大気と大地とは、あらゆる人間に与えられているのだ」(333)。不死の存在ではないことを容認した上で、与えられたものを精一杯味わい、生きようとする態度がこれからくみ取れよう。

さらにこの態度は、彼が自己を自然・宇宙・永遠の一部と見なす姿勢へと発展してゆく。これは、死者との連帯によって再生し、生者との連帯を図る『この日をつかめ』の延長線上にあるものであろう。「僕らの中には、宇宙そのものが秘められているのだから、当然、広い舞台を求めるのだ。永遠なるものを内に預かっているのだから、当然、発現の機会を求めるのだ」(318)。これ故に人は卑屈ではいられない。と言って、誤った傲慢さではなく、人間の真の偉大さを成就するために、何かを成さねばならない。

以上のような変貌を遂げ、博愛主義者となって、その具体的な実践法を医師への道に求め、ヘンダソンは文明社会へと帰ってゆくのである。

エッセイ「封印された宝」の結末で、人間以上でも人間以下でもなく、人間であることに努めよう、と一種の平衡感覚を示したベローがここで思い出される。彼のそうした発展は、これまで見たヘンダソンの変貌に並行するものと言えよう。

こうしたヘンダソンの変貌を助けた人物としてダーフ王についてはすでに述べたが、ここでリリーとロミラユにも触れておきたい。

まず、リリーは、欠点はあるが、見方によっては非常に素晴らしい女性であり、ヘンダソンの変貌に果たした彼女の役割は無視できない。夫に引けを取らないほどに大柄で(引っ込み思案で精神分裂症気味の最初の妻フランシスとは対照的に)、快活で名前のごとく優しい。

おそらくは、大酒飲みでぐうたらのヘンダソンと、愛していた自分の父親の面影とを重ね、それに持ち前の道徳的な気質が手伝い、彼を立ち直らせたい愛の気持ちに揺り動かされたのであろう。リリーは妻子ある彼を熱烈に追い求め、遂に結婚にたどり着いている。彼女は夫の愚かな面とともに崇高性をも指摘し、「悪よりも善を、死よりも生を、幻想よりも現実を、求めて生きる」（16）ように、やかましく説く。自分の娘同然に若いとはいえ、すでに二回の離婚歴と豊かな人生経験を持つ「結局はかわいい妻」（80）の訓話をヘンダソンはやがて受け入れ、それに沿った変貌を遂げてゆくのである。

一方、アフリカ奥地の道案内兼通訳として雇ったロミラユは、物語が展開するにつれて、その重要性を増してゆく。精神の奥地への案内人から、信頼できる友人に、そして最後は「存続を助ける教師」（326）となるのである。生まれは野蛮人でも、今や毎晩祈りを欠かさない「大したキリスト教徒」（316）であり、ヘンダソンの精神的な探求を察知することからして、ただ者ではない。密林では、コンパスなしで方角を知り、水や食物の在り処を嗅ぎ付け、その一方でジープの運転もできる。野生と文明の知恵を共に享受できる人間として描かれている。忍耐と忠誠心と生命力を兼ね備えたロミラユは、向こう見ずでせっかちなヘンダソンの弱点を補い、彼の単独暴走を阻止する格好の人間と言えよう。こうしたロミラユとの感動的な交わりは、主人公がこれから他人と交わってゆく際に、その手本を与えてくれるに違いない。

このように主人公の変貌を助けるロミラユは「割れることのないガラス」(329) に譬えられ、いっぽうリリーは、ヘンダソンの「別の自己」を思わせる存在である。二人が「主人公を映す鏡」のごとき役割を暗示されていることは、記憶に留めたい。

5 最終場面

心の旅として、過去に、太古にまでさかのぼり、黄金時代に存在するかのようなアーニュイ部落で自分の子供時代に帰り、より複雑な人間社会を象徴するワリリ部落では死の超克に励んだ後で、ヘンダソンがアテネやローマの古い場所よりパリやロンドンの新しい場所の順で帰還し、途中ニューファウンドランドに立ち寄ることは、きわめて興味深い。

そこでは彼の平衡感覚の維持が注目される。そこは、かつて水族館で不気味なタコを見て感じた死を予告する「冷たさ」と、高僧ビュナムの手下がダーフ王の死を予告するのに用いた「白色」の双方が存在する場所である。しかし、飛行機からそこへ降り立つヘンダソンに、恐れはない。新たな人生への希望に満ちて、機内で親しくなった子供を抱いて、踊り回っている。まさにそこは主人公の獲得した新しい心境を象徴する「ニューファウンドランド」である。

この場面ではもう一つ、ヘンダソンの腕に抱かれる子供が印象深いが、これに関しては、ニーチェの『ツァラトゥストラ』が浮かび上がってくる。マーカス・クラインは、主にワリリ部落での主人公とツァラトゥストラの類似を指摘し（『ソール・ベローと批評家たち』Klein, 110-13）、トニー・タナーは、ニーチェの超人思想の寓意物語として『ヘンダソン』を解釈する可能性を示唆している（『ソール・ベロー』Tanner, 83）が、あるいは『ヘンダソン』は、『ツァラトゥストラ』のように、自己超克のための自己変革を促す読者自身の問題として読まれるべき書物であるともいえよう。ツァラトゥストラの自己変革は、人間が現在あるがままの自己を超克して、本来の自己を回復してゆくことを目指すものである。その精神の三段階の変化はヘンダソンのそれに通じるものである。荷を負わされて砂漠へと急ぐラクダのように、自分の砂漠へ急ぐラクダの精神、新しい創造のための自由を獲得するライオンの精神、そしてもはや何ものにもとらわれることなく、自由自在に新しい諸価値を創造する子供の精神である。ヘンダソンは、純真で魂が目覚めていた子供時代へと向かった心の旅を通して、幼時に目にした光（101）に再び出会い、子供時代に話したフランス語が思わず口から出て（274）、幼いころの歌や思い出がよみがえってくる（327）。そして、最終場面では子供のように自由に振る舞う。「ペルシャの羊毛のごとき」（4）頭髪を持つ彼が、「まだ栄光の雲を後に引く」（339）ペルシャからの子供を腕に抱くことは、二人の一体化と、これからの可能性とを象徴しているであろう。

さて、『ヘンダソン』のこうした明るい最終場面と、本章で取り上げてきた作家作品の幕切れとを比較してみよう。

まず、『オーギー』の結末と比較しても、「旋回」を止めないオーギーに対して、ヘンダソンは一歩進み、帰着地点ニューファウンドランドを得て、新しい生活へと入ってゆく。また、専心できる職業を見出していないオーギーに対しても、ヘンダソンは最後に医師を目指すことで、一歩前進している。ここに、『オーギー』よりも発展した人生を肯定せんとする、ベローの成熟した姿勢が窺えよう。

次に、ヘンダソンと同様に、高次の資質をがむしゃらに追い求めるドン・キホーテとの相違は明らかである。ドン・キホーテは、第一部の結末では狂人として牛車で故郷へと連れ戻され、第二部の最終場面では幻滅と悲哀のどん底でこの世を去ってゆく。なんとも悲しい幕切れである。

また、大男のヘンダソンは、『闇の奥』の小柄なクルツのパロディーであり、後者が暗黒大陸へ踏み入ってゆく恐怖感を示すのに対して、前者は一種の威厳を体得している。この違いは、リーラ・ゴールドマンによって指摘されており（『肯定と多義性――ソール・ベローの小説におけるユダヤ教』）、ユーセビオ・ロドリゲスも、人間の可能性に信頼を抱いて帰還するヘンダソンに注目している（『人間性の探求』152）。

ヘミングウェイの場合は、先に『アフリカの緑の丘陵』に触れたが、短編「フランシス・マコーマーの短い幸福な生涯」や「キリマンジャロの雪」もよい比較の対象になる。ヘンダソン同様に浪費した過去を持つマコーマーやハリーは、人生の修復を求めてアフリカに行き、そこで死の恐怖を超克して短い幸福を味わうものの、命を落としてしまう。そこには、二人の悟りは現世においてはもはや無益である、というヘミングウェイの悲劇的な見方が、読み取れるかもしれない。

ヘミングウェイとの比較をもう少し掘り下げてみよう。ヘンダソンは、ヘミングウェイと名前のイニシアルやイタリアでの戦争体験が似ているばかりでなく、長年「ストア派の克己主義」（164）を実践し、「危機ともなれば独力で立ち向かうべきだ」（107）と、ヘミングウェイ的な孤高の英雄ぶりを示しもする。

ところが、多分にヘミングウェイを揶揄する箇所も目に付く。たとえば、薪の破片が鼻に当たった時に「真実を感じた」というのは、マコーマーやハリーがまさに打ち倒される瞬間に悟りを得ることを茶化すものであろう。また、『アフリカの緑の丘陵』で、くすぶっている状態を嫌い、生命の燃焼を狩猟に求めたヘミングウェイをからかうかのように言う。「以前は狩猟に関心があったが、年を取るにつれて、自然に触れるのに、鉄砲を撃つしか能がないのはどこかおかしいと思い始めた」(94)と。

さらにもう一つは、ワリリ部落で魔性のライオンの化身と疑われて処刑された女の頭蓋骨を見せられたヘンダソンが、その夜は脅えて、ロミラユとともに神に祈る場面がある。その祈りの言葉が、ヘミングウェイの短編「清潔な照明の明るい場所」で印象的な「ナダ」の文句を連想させる。ただし、この場合は、否定を表わす「ナダ」の代わりに、肯定を示す語彙が用いられている。

最後に、ヘミングウェイは『アフリカの緑の丘陵』で狩猟をして獣を殺めることを正当化し、『老人と海』でも人間を含めて生き物は互いに殺し合い食べ合っているという否定しがたい現実を描き、その他の諸作品においても「きれいに殺すこと」を主眼として雄々しく生きる人物を強調するが、これに対して、アフリカの旅を経て人生の叡智を得たヘンダソンは、同胞愛や人類愛を提示している。

ヘミングウェイの強調する否定しがたい現実を眺めつつ、しかもなお同胞愛の余地を確保しておきたいという、『この日をつかめ』の「より大きな団体」の思想を発展させたヘンダソンの(そしてベローの)主張である。ヘミングウェイの孤高とは別の生き方を試みようとするのである。ヘミングウェイの人物の孤高の生き方は、確かに立派ではあるが、ホロコーストや二個の原爆投下という歴史を経たときに、そこに暗い影が射してくるのを、否定できないであろう。

かくして、類似点を示しつつ相手の陣営に入り、その体制を揶揄し、最後にはその生き方に疑問を投じ、別の道を提示することが、ヘンダソンの（そして『宙ぶらりんの男』ですでにヘミングウェイのハードボイルドを批判したベローの）作戦であった。

6　おわりに

ベローが『ヘンダソン』においても、人間性を守り、存続を訴えていることは、以上見てきたとおりである。ここにおいて、ベローは、生の探求者オーギーを成長させ、ウィルヘルムの「より大きな団体」の思想を発展・充実させている。作品の中心となったアフリカ旅行は、マーク・トウェインの『アーサー王宮殿のコネティカット・ヤンキー』（Twain）の内容と似て、幻想か現実か判じ難いところもあるが、やはり、究極的には、主人公の「心の旅」であろう。人は誰でも探求すべき「心のアフリカ」を持っている、と言うことである。

想像力を駆使した心の旅・魂の冒険を経て、ヘンダソンは一応望ましい人生の修復を遂げたのであるが、それを通して、ベローは、人には心の変革が必要であるし、可能である、と訴えたいのであろう。おそらく作者同様に長命で強靭な主人公には、それを具体的に実践するための時間はまだ十分に残されている。「まったく、若いころ知っていた連中の半分以上は亡くなっているというのに、僕なる人物は、まだ未来の計画中である」(78)。彼がすでに示した人生の修復に沿って生きてゆくならば、その未来は明るい。

三十歳代のオーギー、四十四歳のウィルヘルム、そして五十五―六歳のヘンダソンと、作者自身が年を取るにつれて、その関心も中年以降の生き方を考えさせる内容に移っているが、それは自作『ハーツォグ』においても然りである。

第7章　変貌の彼方へ――『ハーツォグ』

1　はじめに

ベローの六作目の小説『ハーツォグ』（1964）は、西欧思想史の研究者で四十七歳の元大学教授ハーツォグの変貌を描くもので、それは『宙ぶらりんの男』（1944）から展開されたベローの創作世界の総決算と言えよう。

妄想性障害を患い、混沌とした意識を持つ現代人の象徴ともいえるモーゼズ・エルカナ・ハーツォグは、ファウストのごとき巨大な知的野心に駆り立てられ、人類の問題を一身に背負い込んだ精神状態において奮闘する。すなわち、「現代の立法者」を気取るかのようなその名前モーゼズが意図するように、彼は歴史を変え、文明の存続を図ることは、自分の研究の成否にかかっている、と思う。そして、巨大な科学技術が人間を矮小化し、組織が個人を抑圧する現代の都市において、人間であることの意味を問う。

しかし、彼の学究生活は、理性と感情の対立によって破綻をきたし、二十世紀の混沌を解明し、民主主義の発展を占うはずの彼の野心的な著作は、すでに八百頁もの焦点の失せた原稿の山と化している。もはや以前のようにヘーゲルを理解できない、という事実が示すように、体系づけや総合が現在の彼には無理であるらしい。

一方、二度の結婚に失敗し、妻を親友に寝取られ、娘も奪われ、アイザック・バシェヴィス・シンガーのギンペル（「馬鹿者ギンペル」Singer）同様に多くの者に欺かれたこの中年男の私生活は、乱脈を極めている。

こうした状況の中で、ハーツォグは、持ち前の記憶力に頼って自分の過去を回想し、自己吟味や自己分析を繰り返す。また、旺盛な筆力で出す当てのない手紙を書きまくり、数世紀にわたる西洋思想を論駁し続ける。これらの行為を通して、自分の過去や西洋思想の断片から、「人は何のために生き、そして死ぬのか」という命題の解答を求めてゆく。いわば、中年男の教養小説（ビルドゥングスロマン）である。混沌より秩序へ、歪みより正常へ、狂気より健全へと主人公が変貌するにつれて、彼の自己に対する洞察が深まってゆく。

「たとえ正気ではないとしても、僕は構わない」（1）。冒頭において、すでに、前作の『雨の王ヘンダソン』同様に、ハーツォグの楽観的な肯定への願望が読み取れよう。この楽観性は、苦境にいる自分を客観視して笑うことのできる精神的な余裕、そして人間性や人間文明の肯定への願望、に基づいている。

これから展開される物語は、九つの章で構成されているが、おそらくは、主人公の混沌状態を暗示するために、それらには番号が付けられていない。一〜三章は、マーサーズ・ヴィネヤード島に女友達を訪ね、あわただしくニューヨークに戻る一日目を、四〜五章は愛人ラモーナと出会う二日目を、六～七章は裁判所からシカゴへ飛ぶ三日目を、八章はシカゴの出来事を含む四日目を、そして九章はバークシャーの田舎へ戻る五日目と田舎での二、三日の生活をそれぞれ描き、この最終章の内容は序章の楽観的な冒頭へと帰ってゆく。

この一週間ほどの間に現在のハーツォグに影響を及ぼしている過去の主な出来事が回想されるわけである。フラッシュバックと手紙を多用したその回想録は、あの膨大な『オーギー・マーチの冒険』よりは、はるかに洗練されており、無駄が少ない。それは、紆余曲折を経たハーツォグが、いかにして野ネズミとパンを分け合って（彼の強靭な生命力を示し）、夜空の星と語り、現実を受容し、また、神意を尋ねる心境に至ったのか、を物語るものである。

物語の後半部分（特に七章以降）は、ハーツォグの変貌に描写の力点が置かれている。本章では、それをハーツォグの華やかな女性関係や彼の重要な手紙の内容と絡めて、辿ってゆくことにしたい。

2　女性関係と変貌

まず、オーギーやヘンダソンの場合以上に優雅で多彩に展開されるハーツォグの女性関係は、以前にもまして重要な意味を含み、彼の変貌と切り離すことができない。

最初の妻デイジーとハーツォグの決別がその一例である。デイジーは気難しいハーツォグやその他の悪環境に耐える伝統的なユダヤの女性であるが、「子供っぽく体系的で」、「安定、調和、秩序、抑制」が彼女の力の源であるという。ハーツォグ自身のお人よしで騙されやすい性格や単に「客観的な」研究内容は、こうしたデイジーの精神を反映しているのであろう。ところが、それは彼にとって次第に耐え難いものになってゆく。振り返れば、愛情・苦難・貧困などの広範囲で深い人間感情に浸って育った貧民街（ナポレオン・ストリート）が、いまだに彼の心で重要な位置を占めている。このことも彼が狭い学究生活に我慢ならないことの一つの要因であろう。著書『ロマン主義とキリスト教』、そして博士論文や他の業績は学会で高く評価されているが、彼の実際の学問体系には、理性と感情、客観と主観との相克が生じてくる。その結果、遂に、理性と秩序のみの象牙の塔とデイジーの世界から飛び出す羽目になってゆく。

この決別は、ロマン主義の研究で現実を見る目が曇り、自らも罪なき人間を振る舞う男が、偏狭な秩序を捨てて、野蛮な社会に入ってゆく端緒である。彼はそこで、周囲の人々の裏切り、裁判所で出会う悪、自動車事故や警察に留置されるなどの野蛮な体験を経て、教師であったものが現実について教育されるという皮肉を味わうものの、それによってかえって、より大きな人間へと成長してゆくのである。

しかし、デイジーとの狭い世界から抜け出し、幸福に至る総合的で高次の自己を求めるハーツォグではあるが、結果は女性を渡り歩くことになる。彼が次に惹かれるソノ・オグキは、理性と客観性では満たされない人間の感性をもっぱら充足してくれる愛の対象と言えよう。デイジーとは正反対に、ソノは暖かく愛らしく熱心に彼に仕えてくれる。しかし、会話はフランス語であり、英語は下手で、東洋的・西洋的いずれともいいかねる奇妙な日本女性ソノ・オグキ（その名前すらも奇妙である）との幼稚なままごと生活も、複雑なハーツォグの究極的な欲求を満たすことはできない。

したがって、またもハーツォグの振り子の運動は、ソノの示す東洋的純真さ、利他的献身、そして熱情とは対照的な、冷たい目をした専制君主的で他人を踏み倒しても自己の願望を追求せんとする、美貌で知的な競争相手、二番目の妻となるマドレーンへと向かう。マドレーンは成功を目指す野心の象徴である。虚栄心が強く、皆の賞賛の的であることを欲し、『オーギー・マーチの冒険』のシィアのように、自らの基準を満たす男性に次々と接近してゆく。したがって、理性（デイジー）と感性（ソノ）に幻滅したハーツォグは、巨大な野心（マドレーン）へと走ることになる。

そこで、ロシアからアメリカへ渡って苦闘し、晩年になってようやく財を成した父親の遺産を投入して、バークシャー地方に古びた屋敷を購入し、世の狂騒を離れて、次の著述に専念しようとする。世界文化の存続、民主主義の発展は、ひとえにハーツォグの研究の成否にかかっている、という壮大な理想の構築である。

しかし、内向的なデイジーから従順なソノを経て挑戦的なマドレーンへと移った、時代錯誤的なロマン主義の研究家は、一日に殺人事件小説を三、四冊も読む妻によって、二十世紀の現実を教え込まれる。すなわち、マドレーンは彼の研究を台無しにしたうえに、ハーツォグの親友で彼の援助によってシカゴに出て出世する多才なガースバックに走って夫を裏切り、妻を奪ったガースバックは、結局、ハーツォグの社会的名声をも奪ってしまうのである。かくして、今やハーツォグは、混沌とした研究、崩れかかった屋敷とともに、自らの混乱した人生を修復しなければならない。

マドレーンによって自信喪失したハーツォグを、フロイト的な性の回復によって再び元気づける役割を果たすのが、国際的な血筋をひき、国際的な趣味を持つ美しいラモーナである。彼女は、『雨の王ヘンダソン』の妻リリーと似て、自分こそが主人公に最適の女性であると確信し、愛の力で再生し、学問を継続し、人生の意義をつかむようにと、オペラ調のうるさい説教を繰り返す。

確かに、ラモーナの説くように、性を通して重荷から一時的に解放されることはあっても、性の喜び自体がハーツォグの求める精神の根本的な変貌を彼にもたらすことはあり得ない。したがって、人生の危機を体験し、それを乗り越えてきた者同士という絆は残るとしても、二人の関係にやがて変化が生じてゆくのは避けがたいであろう。男運の悪いラモーナは、ユーゴスラビアのジンカやポーランドのワンダを含めた他の女性たちと同様に、ハーツォグの変貌の一過程に属するだけの定めなのであろう。

3　投函されない手紙と変貌

結局、外的要素である女性によっては、彼の根源的な精神の変貌と魂の充足は得られない。それは内面からのみ生じるものである。そこで次に、もっぱら投函されない手紙を書きまくることによる、ハーツォグの自己分析の内容を見なければならない。「人は誰でも自己分析をする」とベローの戯曲『最後の分析』（1962）で主人公バミッジが示唆するが、ベローの主人公たちは、内面分析、そして心の変貌を通して、自己を充足させ、人生の叡智の発見へと進んでゆく。この自己分析に関して、『ハーツォグ』の構成は、示唆的で興味深い。すなわち、この作品は、ハーツォグが精神分析を受けるように、横たわる姿で始まり、そして同じ姿勢で幕を閉じているのである。

ハーツォグは物語が展開する一週間ほどの間に、宙ぶらりんの状態で日記を書くジョウゼフのように、また内面の絶えざる欲求に駆られるヘンダソンのごとく、投函されない手紙を古今の哲学者や政治家、友人や知人、亡くなった両親、そして神にさえあてて書いている。この『ハーツォグ』の書簡形式は、初期の英国小説『パメラ』(1740)や『クラリッサ』(1747-8)、そしてベローが親しむ古典的なイディッシュ語作家ショレム・アレイヘムの『メナヘム・メンデルの冒険』(Aleichem)や『マリエンバッド』の形式を応用し発展させている、とも言えよう。

つまり、この書簡体によって、ベローは小説の流れを調節し、多くの思想を無理なく導入し、主人公の様々な心理状態を反映し、内面の劇的な出来事を盛り上げることに成功しているのである。ハーツォグの手紙の内容は、ゲーテの『若きウェルテルの悩み』(1774)のごとく「内面の独白」であるが、はるかに高度な知的内容のものであり、読者に理解するための多大の努力を要求する。しかし、それが作品の大きな魅力の一つになっていることは確かである。

たとえしばしばあまりに断片的であろうとも、その内容は、ハーツォグの心の奥底から湧いてくる感情の要素である。それを書き出し、修正しつつ、これからの人生に役立つものを選び取ってゆく。つまり、書く行為を通して、思考を整理し、人生を秩序立てようとする必死の営みである。

一日目の手紙のほとんどは、マドレーンに加担して彼を陥れた人々を非難し、攻撃している。書く行為を通して、彼は憤懣やるかたない気持ちを発散させようとしているわけである。張本人のマドレーンやその愛人ガースバックにあてた手紙がないが、それを書いてしまうと、余裕をもって苦難に対処しようとする冒頭の姿勢から逸脱してしまうからかもしれない。

また、一日目の手紙は、インドのバーヴェ博士や黒人解放運動のキング牧師に対する内容から窺えるように、主人公が自らの孤立状態や抽象論から足を踏み出し、社会の具体的な問題に関心を向け、道徳的・活動的で有益な人生に憧れていることを示している。

この社会への働きかけは、投函されない手紙の中で、という皮肉はあるが、自己及び人類全体の救済を目指すことへ発展してゆく。それは受け身の知識人の知的遊戯の域を出て、行動する知識人を目指す社会批評でもある。

たとえば、当時の西欧世界最強の指導者アイゼンハワー大統領を含め、人類を破滅に陥れかねない危険な指導者に対して、警告する手紙を書いている。また、その他の社会的・経済的・政治的権威者にあてた手紙においても、人間生活を守るように訴えている。その中で、ストローフォース博士にあてた手紙では、科学技術を破壊目的に使用することを止めて、その賢明かつ有効な使用法を選択する必要の緊急性を訴えている。

西欧文明の衰退と破滅を唱える（ユーセビオ・ロドリゲスの『人間性の探求』によれば、

シュペングラー、サルトル、エリオット、カミュを含む人物という173）思想家シャピロに対して、ハーツォグは個人的な生への感覚をもって反論する。シュペングラーの『西欧の没落』にもかかわらず戦後のドイツやフランスの繁栄があること、人間はホロコーストを生き抜いてきたこと（ハーツォグ自身にも、ラモーナが言うように、生き抜いてきた者としての意識が強い）、そして科学技術の有益な使用に対する信頼と希望の上に立って、第一次大戦後の虚無感を表現し、二十世紀の「不毛」のテーマの基調を作ったエリオットの『荒地』の見解にも異議を唱えるのである。

ベローのエッセイ「封印された宝」に描かれた姿勢が、ここにも見られよう。それは、流行する思想に浮足立つのではなく、他人からの借り物に惑わされるのでもなく、自分の目と足を用いて、慎重に現代の人間状況を吟味してゆこうとする態度である。すなわち、悲観主義に抵抗する新しい楽観主義である。このことに関して、ハーツォグを出し抜いた学者マーメルスタインへの長い手紙においては、アポカリプスの傾向、その終末思想に反対している。

さらにもう一つ重要な手紙は、（ロドリゲスの右記の著書によれば、フロイトやその学派を表わしているという174）精神分析医エドヴィグ博士にあてたもので、その中でハーツォグは、精神分析学と心理学を酷評している。それらが、人間生活を単なる分析材料としたこと、そして人間性を卑しいものと見なしていることの故にである。これは、二十二年前に、ハーツォグの性格を未熟であると診断したゾーゾー博士への憤りとも絡まってゆき、ハーツォグの目指す人間性の再評価へと発展してゆく。

このように、重要な手紙の中で、他人の思想を論駁し、自分の感情を吐露しつつ、実は、ハーツォグは、自己の内なる否定的な性格と闘っているのである。個人的な問題と取り組みながら、それを普遍化してゆこうとすることに、彼の特徴がある。

4　理想の構築物と現実

以上は、知性を用いた手紙によって、世界を自分が好む色に塗りつぶそうとするハーツォグの試みである。しかし、彼に知的構築物の限界を悟らせる事件が生じる。それは、苦難・残酷性・邪悪の生きた表われである幼児殺害裁判を彼が傍聴したことであり、その時に書物の中でのみ人間の残酷性を扱おうとする彼の人道主義は、その甘さを思い知らされる。ちょうど、ワリリ部落で獰猛なライオンに出会ったヘンダソンのごとく、ハーツォグは大きな衝撃を受けてしまう。

自らの内面の暗黒部分をまだ深く覗いたことがない、罪なき人間を振る舞う主人公が、このことを契機に、自己の内外の悪と直面してゆく。すなわち、彼自身、復讐の念に燃えて、亡父のピストルによって、マドレーンとガースバックを殺害する一歩手前まで行くことである。

ところが、ガースバックが娘ジューンを入浴させている場面を目撃することによって、物事を針小棒大に解釈する病的な意識の中で創造した怪物ガースバックと、現実の彼との違いを悟ったハーツォグは、その知的構築物を超えたものを眺める機会を持つ。彼は広い人間性に触れたような気がするのである。

この後は、再会した娘とともに自動車事故で死の危険に遭遇し、その上、ピストル不法所持で警察に留置される羽目になるが、このことから、自分は普通の人間よりはましだとうぬぼれていた主人公が、自らの非を認めるようになってゆく。つまり、オプダール（『ソール・ベローの小説』Opdahl, 160）やクレイトン（『ソール・ベロー――人間性の擁護』Clayton, 210）が指摘するように、悪や死に直面することを恐れていたベローの主人公が、それらの軽度の形態に触れることによって、一種の安ど感を得て、変貌に至るのである。

これまでのハーツォグは、言語による環境の構築に精力を注いできたが、それはしょせんは抽象物であって、現実そのものではない。したがって、その理想体系は現実によって試されなければならない。それが成されていない思想体系では不十分である。

こうして、『宙ぶらりんの男』のジョウゼフ以来の問題である、理想の構築物と現実との狭間を埋める仕事が、ハーツォグにも課せられることになる。振り返れば、彼は最初の妻デイジーとともに、こじんまりとまとまった象牙の塔にこもり、客観的・抽象的な思想体系を構築し続けて、生涯を過ごすことが、あるいはできたかもしれない。しかし、貧民街で成長した彼の性格はそれを許さず、苦闘の末に彼をここまで導いたのである。

大学の知識人が、世間の荒波にもまれつつ感情教育を受けて、精神的に成長したのである。知的構築物で周囲を固めている彼の態度が、生へ参画する最大の障壁であったが、最終場面では、世界を背負い込み、言語や思想によってそれを支配しようと企てることを止めて、そこで生きようとしている。頭の中で理論を構築するだけの学者から、理論を行動によって試し、生に参画する知識人への脱皮を目指している。そして、他の人間とできるだけのものを共有するこれからの人生に意欲を燃やす。これが手紙を書くことを経て、ハーツォグが得た変貌である。

5　新しい心境

さて、七章以降、道化師のような派手な衣装を脱ぎ捨てて、現実の暗黒へと入ってゆくための汚れた衣服を身にまとうハーツォグは、以下に述べるように、老いたトーブおばでさえ気が付くほどの変貌を示している。

まず、友人アスファルター、ガースバックの妻フィービー、娘ジューン、マドレーン、兄のウィル、そしてラモーナに出会う際のしっかりとした対応ぶりは、感情的・知性的・精神的な変貌の過程にあるハーツォグをよく表わしている。アスファルターに対して、人を人たらしめる同胞愛を熱っぽく語り、フィービーには優しいいたわりを示す。ピストル不法所持で警察に留置された際には、マドレーンと対面するが、冷静な態度を保持し、彼の立場を悪化させようとする別れた妻の挑発に乗らない。そして、兄ウィルが心配して入院を勧めるのを、精神分析医への不信感から断わり、バークシャーの古びた家を訪ねてくるラモーナを落ち着いた様子で待つのである。

人間の「心の真の変貌」が希望の星であるならば、最終場面におけるハーツォグは、それにある程度まで接近している。

その一つのしるしとして、彼の眼が再び輝きを取り戻す。精神の覚醒である。そして、新しい心境に伴って、彼の語りも変化してゆく。一～三章では、同一の段落の中においてさえ、ハーツォグ、手紙、語り手と言葉の調子と内容が目まぐるしく変動し、激しく揺れ動く主人公の心理を印象付けていたが、今や衝動的にではなく、自然に心に浮かび上がってくるものをしたためる状態になる。さらに、これまでは精神の均衡を得るために絶えず考え、書いていた。考えることはすなわち存続することであり、存続するために込み入った抽象概念と取り組んできたが、今や考えないことは必ずしも致命的ではない、と思う。

興味深いことに、これまでは避け続けてきたマドレーンやガースバックに直接あてた手紙を初めて書いている。このことは、自己の尊厳（などという時代錯誤的な甘い考え）を守ろうとするハーツォグに、厳しい現実の教訓を与えて彼を狭く定義付けようとした二人の抑圧的な影響から、ようやく自由になった彼の新しい心境を示しているのであろう。彼は被虐的な面、犠牲者を演じる意識から抜け出すことに成功したのである。

それは、子供時代の貧民街（ナポレオン・ストリート）で味わった家族愛の世界からその後は疎外されてきた彼が、さらに大きい人間集団の中に同胞愛によって自己を溶かし入れようとする新しい心境と無縁ではないであろう。ここで語り手は言う。「個を重んじ、愛情あふれる人間ハーツォグに対して、心理、秩序、平穏に至る有益な道を示したまえ」（308）と。

6　束の間の静謐

『ハーツォグ』の大きな流れは、ベローがエッセイ「作家の気を散らすもの」で述べているように、想像力による、混沌から秩序への変貌である。自己を秩序立て方向付けることが、ベローの各小説の意図であって、これもその例外ではない。ただし、特に『ハーツォグ』や『雨の王ヘンダソン』に見られるように、一方で秩序を求める努力をし、他方でその限界を認めて混交を容認する、二元論がとられている。つまり、ハーツォグは、美的存在のみを求めて結局は絶望に陥る幼馴染のナックマンとは異なり、エドヴィグ博士に対する手紙の中でも言うように、自己の内外の混交を受け入れる態度を獲得している。（ヘンダソンも老いた熊スモラックを回想する中で、同様の受容を示していたことを想起したい。）

これが、知的構築物のみに信頼を置きがちな知識人の性癖から自由になり、曖昧さや矛盾を含む自己や社会を容認して生きることにつながってゆく。それは、ある意味では、妥協と呼べるかもしれない。しかし、ベローは『ユダヤ短編傑作選』の序文で言う。存在の根源的な不安定と偶然性に運命づけられているわれわれは「入手可能な手段によって、われわれの条件を可能な限り利用する。われわれはあるがままの玉石混交を、その不純を、その悲劇を、その希望を受け入れなければならない」（16）と。

これが、与えられた運命をより積極的に生かしてゆく人間の性格を重視する『オーギー・マーチの冒険』からの顕著な考えである。創造的・生産的に自己や社会に対応する生き方であるとも言えよう。混沌に対するこうした姿勢を獲得した現在のハーツォグの生活は、最初の妻デイジーと築いていたかつての偏狭な大学教授の生活からすれば、大きな発展や成長を遂げたものと言えよう。

この発展をさらに大きく包み込むのが、最終場面におけるハーツォグの自然、宇宙、そして神との個を超越した神秘的な融合の状態である。バークシャーに戻るハーツォグは、神に仕える意思とユダヤ父祖との同一性を認める言葉を漏らす。自らのユダヤ的要素を問題解決への手がかりとしている。ハーツォグの憧れる精神的な基盤は、十九世紀の東欧ユダヤ人の宗教的な生活であろう。神への手紙をしたため、神に究極的に身をゆだねることによって、存在することに、ただ神の意図されるままに存在することに、今は満足している。「もしも奮闘が止むならば」という願望を抱きつつ飛び回るオーギー、生の喜びに浸りつつ踊り回るヘンダソンを経て、ようやくハーツォグの静謐の境地に至ったのである。

ただし、この状態は、村から二マイル離れたソローのウォールデンのような場所においてのみ可能な束の間のものであり、社会に復帰したならば、再び多くの悩みに出会うことを、ハーツォグは承知している。澄んでいるように見えても、底には常にネズミなどの死骸がたまり、しかも硬水である近くの池が、そうした彼の心理状態を象徴している。ウォールデンのような場所はあくまで、せわしなく飛び回った後の休息の場であり、そこでいったん社会より身を引いて、彼の修復を促す自然の緑や、枯れ切っていない楡の巨木を眺め、ソローのように簡素化を求め、思想を整理した後で、再び社会へ帰ってゆく。オーギーや『この日をつかめ』のウィルヘルムは、自然の中で生活することに憧れていたが、それがようやくここに実現されたわけである。

7 おわりに

ハーツォグは、ヘンダソン同様に、自己の有限性を受け入れる態度を示すが、魂の永遠性を暗示する言葉も述べている。そして、生きている間の存在を、真に意義あらしめる仕事を探している。それが何であるかは、医師を目指すと断言するヘンダソンとは異なり、ここでは明確にされない。ただし、巧みな語り、鋭い感覚、強い記憶力、莫大な知識を含むハーツォグの特性を考え合わせれば、作家となることが最適であるというロドリゲスの意見(『人間性の探求』Rodrigues, 204)は、きわめて順当なものであろう。

したがって、ハーツォグは内面の探求を通して、同胞愛を抱き、さらに自己を包み込む宗教的・神秘的な心境に至り、それをもって社会への働きかけを目指している。ヘンダソン同様に、社会に復帰後の主人公が描かれていないことを不満とする批評もあるが、ベローの目的は「真の第一歩」に至る人間を描くことであり、自己を秩序立てて新しい生活に向かわせるまでを語る彼の世界においては、ハーツォグの心の変貌は、一つの大いなる達成であると言ってよい。

この作品においてはハーツォグの変貌を通して、人間の資質の再考が意図されている。「まだ発見され得る人間の資質があると確信している」(266)と主人公は言う。ベローのエッセイにもあるように、人間の「封印された宝」を探ろうとしているのである。「個人の人生は個人の特性の総和以上のものである。剰余の不明の部分こそ意味の光を与える」（266）という言葉は、人間の神秘性を表現している。したがって、ハーツォグは現代を衰微の時代とは取らない。人間の前進に向けての自己認識の時代と見ている。人間性を全体的に再評価する時代であると考えている。

二十世紀の多要素を吟味し、そこからの発展を模索し、混沌とした世界の中で真の人間の在り方を求めるハーツォグの態度は、ホロコーストを直接体験した主人公によって語られる二十世紀の回顧と展望である次作の『サムラー氏の惑星』へと引き継がれてゆく。

第8章　視力の増進――『サムラー氏の惑星』

1　はじめに

今日われわれが暮らす二十一世紀より二十世紀を振り返ってみれば、それは二つの世界大戦、民族紛争、ジェノサイドを含む最も残酷で暴力的な世紀ではなかったか。その中でも、ヨーロッパのユダヤ人六百万人が犠牲になったというホロコースト（1939-45）は、長く人々の記憶に残る一大悲劇であった。大戦や大恐慌によって社会や精神の秩序を失ったヨーロッパは、様々な社会組織を悪用し、ユダヤ人大虐殺という未曽有の蛮行へと陥っていったのである。その悲劇を記録し記憶しようとするホロコースト文学の伝統は、今日まで絶えることなく続いている。

たとえば、エリ・ヴィーゼル（1928-2016）やプリーモ・レーヴィ（1918-87）やホルヘ・センプルン（1923-2011）のようにホロコーストを生き延びて作家になった者もいれば、ソール・ベロー、バーナード・マラマッド、アイザック・バシェヴィス・シンガーのようにホロコーストを体験せず、間接的な目撃者の立場よりホロコーストを描く作家たちもおり、それよりさらに後の作家たちに至ると、いろいろな今日的状況を織り込んでホロコーストを描写している。

こうしたホロコースト文学を読む意義は何であろうか。それは、今日のわれわれに大きな悲劇を垣間見せ、人の残虐性を思わせ、翻って人としての生き方を考えさせることであるかもしれない。しかし、ホロコースト以後も依然として残虐なジェノサイドやテロ行為が止むことはない。ホロコースト文学を読み、その状況を知ったからといって、それで悲劇の再発を防げる、という楽観的な状況ではない。

しかし、それでもなお、われわれはホロコースト文学に何らかの意味を見出そうとせずにはいられない。そこで本章においては、われわれの記憶に残ってゆくと思われる、ベローのホロコースト文学作品を論じながら、悲劇を少しでも減らしてゆくために、われわれはいかに小さな勝利を積み上げてゆけるのか、といった課題を模索してゆきたい。

ベローの処女作『宙ぶらりんの男』は、大虐殺を暗示する悪夢の描写を含み、『犠牲者』に至ると、歴史的にはずっと被害者と見なされてきたユダヤ人を加害者の立場に変えてしまう。この被害者と加害者の転倒は、ホロコースト以後の錯綜した中東の歴史を辿るとき、意味が深い。

一方、大作『オーギー・マーチの冒険』においては、オーギーは「以前ダッハウ収容所にいた人間」に出会い、「ドイツから来た歯科用品の取引をした」（522）という示唆的な文章が興味深い。

ところが、『この日をつかめ』のウィルヘルムは、自分の問題で頭がいっぱいであり、おそらくホロコースト生存者であるパールズ氏に対し、ほんの束の間の関心を抱くのみである。

その点、「生存者」の意識を吐露する『ハーツォグ』の主人公は、ユダヤ民族に起こった出来事に対して、これまでのベローのヒーローたちよりも同情的に振る舞う。また、ベローの主人公として初めてイスラエルを訪れている。

さらに、ベローは、「政治的な理由で」大虐殺を引き起こし、それを政治的に正当化しようとする動きを、『エルサレム紀行』や『ラヴェルスタイン』において繰り返し述べている。

このように、ベローは、ホロコーストへ長く関心を抱いてきたことが窺えるのであるが、それでは、彼がホロコーストといかに関わりを持ってきたかを、特に『サムラー氏の惑星』(1970) を中心に探ってみたい。

2　『サムラー氏の惑星』とホロコースト

『サムラー氏の惑星』に至ると、ベローは、主に書物を通じて人間悪を思索していた四十七歳のハーツォグに替えて、ホロコーストを実際に体験したサムラー氏という七十代の主人公を登場させている。

サムラー氏の内面には、エドワード・ウォーラントの『質屋』（Wallant）やアイザック・バシェヴィス・シンガーの『愛の迷路』（Singer）の主人公のように、ホロコーストの意識が、「風化し得ない」ものとして根強く残っている。

ホロコーストから三十年を経た時点においてさえも、消し去りがたいその記憶には耐えるしかないという。それは、すぐそばで妻や同胞が殺され、自らは奇跡的に死体の山をかき分けて這い出し、後にパルチザンとなってドイツ兵を殺めた、という体験を含むものである。戦争終結があと一ヶ月遅れていたならば、サムラー氏はおそらく助からなかったであろう。

戦後、ホロコーストの地獄から辛うじて生還したが、それから自己への関心や生に対する熱意を取り戻すまで、十年から十二年を要したという。その体験がいかに激烈なものであったことか。しかも、表面的には回復したと思われる現在においてさえ、ナチスに片眼を奪われ、神経系統を痛めつけられた後遺症として、時折神経が錯乱し、凶暴になる発作が生じている。また、サムラー氏が閉所恐怖症であるのは、ポーランドで三、四ヶ月の間、墓穴に身を潜めて暮らしたためであろう。さらに加えて、日常において当然視される物事に疑いを抱く態度は、ホロコーストの体験が抜けきっていないもう一つの証拠である。

こうした「風化し得ない」ホロコーストの意識を抱くサムラー氏は、人類が月に飛び、地球の課題を全体的に眺めることが物理的に可能となった時代に、いわゆる「二十世紀の目撃者・証言者」としての役割を求められるのである。

したがって、サムラー氏の「ものの見方」が重要である。黒人運動・女性運動・環境問題・性の問題・教育問題・神の死などについての論争が活発化した激動の六〇年代アメリカ、ことにニューヨークで暮らしつつ、彼は同時に、あの世からよみがえった人間特有の、この世の現実に対する距離を保持して、二十世紀の回顧と展望を図ろうと努めている。

一九四七年以降は、ホロコースト生存者の収容所から救出してくれたグルーナー医師の庇護のもとに、文明史や思想史の研鑽を積み、叡智に富む簡潔な言葉で各時代の要点を（ハーツォグ以上に）統合できる能力を養ってきた。彼の失われた片方の眼はホロコーストを象徴しているが、反面、残された眼は鋭く現状を観察している。サムラー氏の場合、ホロコースト体験を通して物を鋭く見る「視力の増進」を獲得していると言えよう。

「視力の増進」を得たサムラー氏の眼には、都市の荒廃、そしてそこに住む人々の狂気が、ホロコーストが引き起こした現象と二重映しになって見えてくるのかもしれない。

まず、ニューヨークは、ホロコーストが荒れ狂ったヨーロッパの諸都市を連想させるように、戸外の電話ボックスはほとんど破壊され、豪華な建物の内外で野蛮な状況がはびこり、警察官にせよサムラー氏のアパートの管理人にせよ、そこでは人的要素が有効に機能していない。

その中で辛うじて内面の秩序を保とうとするサムラー氏の「安息所」をかき乱す人々が登場する。彼らの一方はホロコースト生存者であり、そして他方は六〇年代アメリカを象徴するような若者たちである。

ナチスに家族を殺されたマーゴットは、情報の屑を収集し、それを用いてサムラー氏を辟易させる退屈極まる議論を展開する。また、サムラー氏の一人娘シューラは、混沌とした情報をかき集める点ではマーゴットよりひどく、奇妙な幻想を抱いて徘徊している。それに、シューラとしばらく結婚生活を送ったアイゼンは、ホロコーストを連想させる気違いじみた暴力を振るうのである。そしてマーゴットのいとこで六十歳を過ぎて女性の腕に性的興奮を覚えるというウォルター・ブルッフは、サムラー氏にビュッヘンワルト強制収容所（ここの司令官の妻は、虐殺されたユダヤ人の皮膚を用いてランプの傘や手袋を作ったと言われる）の思い出を語って苦しめる。

それは、誰も助けることを許されない状況で、一抑留者が糞尿の中で溺死した事件である。このような場面は、他のホロコースト文学作品、たとえば、エドワード・ウォーラントの『質屋』、イエージー・コジンスキーの『ペンキを塗られた鳥』（Kosinski）、アイザック・バシェヴィス・シンガーの『愛の迷路』、イザベラ・ライトナーの『イザベラ断章』（Leitner）などにも描かれており、バイリクが「糞尿体験」（『生存者の移民――今日のユダヤ系アメリ力文学に見るホロコースト以後の意識』Bilik, 117）と呼ぶものである。それは、人間をその排泄物と同様の地位に陥れ、人間性を奪い去ったうえでその中で溺れ死ぬように宣告する、ホロコーストの悲惨な一断面である。

一方、ホロコースト生存者たちとは別に、六〇年代を象徴するようなユダヤ系の若者たちがサムラー氏と関わりを持つのである。

まず、サムラー氏の恩人グルーナー医師の娘アンゼラは、性にだらしがなく、衣服がきわどく、美人であるが下品である。最上のものがすべて手に入る結構な身分であるのに、次々と問題を引き起こし、うまく生きてゆけない。彼女は、外面と内面の矛盾、精神と物質の不均衡、さらにきらびやかさの中に潜む退廃などを象徴しているのである。その上、「国の富を無駄遣いしている」（78）と、莫大な浪費をも象徴する彼女に対しベローはことさら手厳しい。

次に、アンゼラの弟ウォレスは、『この日をつかめ』のウィルヘルムやアフリカに旅立つ以前のヘンダソン（『雨の王ヘンダソン』）と同様、生きる方向が定まらない。奇妙な計画に乗り出しては失敗を重ね、多くの試みを今一歩で達成できず、あたら才能を浪費している。

また、彼の友人フェファーは、『オーギー・マーチの冒険』の主人公のごとく、極めて精力的に飛び回るものの、これまた定点がない。

これらの若者たちにも、その有り余る好奇心と幅広い行動力にしかるべき方向性が与えられるのであれば、残された可能性はないではない。ただし、無制限の性行為を始め、何でも許される個人主義の悪弊によって、急速に粗野になりつつあるアメリカの若者に、サムラー氏は（そしてベローは）憤慨している。

ベローは『エルサレム紀行』の中で、「無制限の欲望がアメリカ人の現実意識に及ぼす影響をどうかと思う」（129）と述べている。『エルサレム紀行』は、ベローがサムラー氏のごとく鋭い観察力によって多方面からイスラエル問題を検討する現地からの報告であるが、その中に描かれるホロコースト生存者たちは、「生命を意味するイスラエル」で、「生きる権利が当然のものとなっていない」困難な状況下においても、「破滅の悪夢」に対抗し、勤勉に働き、まずまずの暮らしを望んでいるのである。

そこで、苦境においても「普通の」生活が送れることに喜びを覚えるホロコースト生存者たちと、その反対に飽食の状態でなおかつ際限のない欲望充足に焦るアメリカ人たちとが対比されることになる。この対比が、ホロコースト生存者であるサムラー氏と六〇年代アメリカの若者たちとの比較対照へと結びつくのである。

『サムラー氏の惑星』には、精神の危機に見舞われているアメリカ社会を見つめる、ホロコーストを基盤としたサムラー氏の（そしてベローの）眼が窺えよう。ちなみに、『宙ぶらりんの男』ですでに述べられた「底なしの貪欲」を作品を追って眺めると、各個人がそれを最大限に要求し、結果として抑制不能状態に陥っている社会状況を如実に示すのが、『サムラー氏の惑星』であろう。そこでは各人がそれぞれの狂気をまき散らし、あたかもヒトラーの「焦土戦術」（135）のごとく、地球上を焼き尽くす作戦に参加しているかのようである。

こうした状況はいかに生じてきたのであろうか。その一要因は、サムラー氏を取り巻くホロコースト生存者やアメリカの若者の状態に見たように、「人間精神の混沌」である。

3　内面の秩序と神との契約

そこで周囲の人々とはかなり対照的に描かれているサムラー氏が、「内面の秩序」（228）を重視する人間であることに注目したい。冒頭では、彼が定刻に床を離れる必要がない老人のように書かれてあるが、実際は暇を持て余す人間ではなく、毎朝五時から六時には起床し、人間状況を秩序立てようと努め、図書館に日参して文明史を読み、思索を重ねている。

まず、自らの身辺を整理整頓し、内面の秩序とそれによって成り立つ社会の秩序とを関連付け、現実にはワスプが社会秩序を維持できていないことに憤り、ラル博士との哲学談義の際には、奴隷制や苦役から解放された現代人がその自由を使いこなせず苦しんでいる状況に触れ、その対抗策は、愛に等しい内面の秩序を築くことにあると言う。

サムラー氏はなかなかの理論家であるが、「説明すること」の危険性もわきまえている。一人の人間では到底処理できない現代の情報量に伴い、人間の魂を惑わす「説明の洪水」が生じ、現実におけるその有効性が疑われるからである。

「要約にかけては一流」であるサムラー氏が凝縮されたものの見方を重視することは、したがって、内面の秩序を確立する一手段である。自己を方向付けることが、各小説の主要な意図であるベローの世界にあって、サムラー氏は、ホロコーストを最大最悪の事件として含む二十世紀を凝縮し、その混沌を知性による秩序にまとめ上げようとする仕事に関わってゆくことであろう。彼のように、時間的・精神的な余裕を持ち、内面の秩序を重んじ、全地球の行く末を思う人間の存在なくしては、人類は体系化を忘れ、方向性を見失ってしまうであろう。

それでは、その内面の秩序に基づいた体系化や方向性は、いかにして具体的に求められるであろうか。『サムラー氏の惑星』においてベローが示したい要点はここにあると考えられるが、その答えは、「神との契約によって生きてゆく」というユダヤ性と関わるものである。

ここでベローの作品を振り返ってみると、処女作『宙ぶらりんの男』では、神ではなく自己の理性に頼って生きることを望む人間が描かれているが、その後は神の意志に沿う生き方を求めるハーツォグから、神との契約に従って生きようとするサムラー氏へと、我を捨て天の意に即して生きんとする傾向が強まってきている。これは次第に老いつつあるベローの心境と絡めると、大変興味深いことである。

七十余年の人生において、サムラー氏は自由思想を持つ母親のもとで育ち、ユダヤ父祖の影響から自由になるために、英国びいきになったり、ユダヤ教会堂にもめったに足を踏み入れない人間であったのに、今ではしきりと神に語り掛けるように変貌している。

神との契約に従って生きようと努めるサムラー氏は、バイリクも指摘するように、義人（ツァディク）の面影をしのばせる。ツァディクとは、十八世紀東欧において疲弊したユダヤ教に活を与えんとして興ったユダヤ教神秘主義ハシディズム運動の精神的・実際的な指導者であった。サミュエル・ドレスナーの興味深い著書『ツァディク』（Dresner）によると、ツァディクの役割は、神と民衆との中間に立ち、神を信じる者の共同体を築くため、危険と苦難を覚悟のうえで汚濁の領域に降りてゆき、民衆を善導することであった。律法教師（ラビ）や学者たちが虚栄心を満たすだけの聖典研究に明け暮れ、私利私欲に走り、民衆を無視し、己の救済のみに関心を抱いていた精神的退廃の時代にあって、ツァディクは学問を深めてもおごらず、自ら確信する行動を恐れない、新しい様式の指導者であった。

サムラー氏は、十八世紀東欧と同様、人間精神が疲弊したニューヨークにあって、彼を「定点」と見なして慕う迷える若者たちと神との中間に立つ、いわば「現代のツァディク」である。「己の務めを日々速やかに果たす」(93)という堅実な力は、サムラー氏がツァディクの一特徴であった「思想とその実践」とを結びつけた全的な能力の持ち主であることを示している。もはや古の「端座する賢人」の地位に甘んじていたのでは、退廃の時代に用をなさない。独居し、学問に励み、自分のみの救済を求めて神に仕えることは容易であろうが、サムラー氏はツァディクのように、同胞を善導するために危険を冒し、下の領域に降りてゆく。若い友人フェファーの頼みを受け、コロンビア大学で学生たちを啓発する講演に出かけてゆくのは、その一例である。(結果は、みじめな失敗に終わりはするが。)こうした日々の務めを着実に果たしてゆく実践力こそが、聖なるものと狂気の間にあって、サムラー氏を前者に近づけるものである。彼にとっては、したがって、一日一日がこのことを再認識し、それを実行に移す闘いである

しかしながら、残念なことに、ユダヤ教が十八世紀東欧の昔ほど人間生活の中心と考えられていない状況にあっては、サムラー氏のツァディクとしての影響力も限られたものとなってしまう。「何かを実践したいと願うことはしばしばだが、ごく少数を超えた人たちのために多くを成しうると思うのは、危険な幻想なのだ」(228)。

この限られた範囲において、サムラー氏は臨終の床にある恩人グルーナー医師に同情の言葉と親切な行為をささげようと努め、居合わせた娘アンゼラにも同様の行為を促す(その結

果は、堕落しきった彼女を怒らせるだけに終わるのであるが）。長年一言の不平も言わずサムラー氏と娘シューラの世話をしてきたグルーナー医師は、治癒の見込みのない運命に対し勇気と品位を保ちながら死に向かってゆく。彼は最後までサムラー氏に対して深い思いやりを示し、サムラー氏も優しい言葉をもってそれに応えるのである。

庇護者グルーナー医師の死に直面し一人ぽつねんと立ち尽くすサムラー氏を、ソル・ギトルマンは『シュテトルから郊外へ』において、妻ゴールディに先立たれたショレム・アレイヘムの『テヴィエの娘たち』の主人公テヴィエと興味深く対比しているが、実際、サムラー氏の状況はテヴィエ以上に孤立したものと言えよう。

グルーナー医師も「素晴らしい旧世代の最後の者」と見なしていたサムラー氏の姿は、たとえば、フィリップ・ロスの『解剖学講義』（Roth）に描かれる「古い型の父たちの最後の者」の相を呈している。ちなみに、サムラー氏と同様「現代のツァディク」である、バーナード・マラマッドの『アシスタント』のモリス・ボーバーには、その死に際しフランク・アルパインという弟子がついていたが、サムラー氏の場合は、彼のあとを引き継ぐ者がいるのであろうか。

4　おわりに

凝縮されたものの見方によってホロコーストを最大最悪の暴力とする二十世紀の人間状況を整理し提示した『サムラー氏の惑星』を読めば、そこにはベローの歴史的視野が感じられ、人類滅亡の危機を克服し、その存続への道を切り開いてゆく模索へと読者を誘うものがある。

この模索の過程で、読者にとっても見るべきものが見えてくる、という視力の増進が可能となる。ベローの提示する視力の増進は、人類の存続のために、われわれが日常性の中にあるホロコーストへの動きをそれとして正しく読み取り、個々人が内面の秩序を回復し、真に主体的に生きるために、ぜひとも必要ではないか。ホロコースト以後も狂気のうち続く時代にあって、ベロー文学をホロコースト文学と関連付けて読むことが、人生の修復を模索するにあたって、一つの鍵となるのではあるまいか。

第9章　修復の思想と『フンボルトの贈物』

1　はじめに

『フンボルトの贈物』（1975）は、第4章で述べたように、冒頭で物語が要約されており、読者は、大枠を踏まえたうえで、余裕をもって物語の細部を読み込んでゆくことができよう。大枠とは、詩人フンボルトと若き友人シトリンとの交流、フンボルトの興亡、そしてフンボルトの墓場よりの贈物が、混沌に陥ったシトリンの人生を修復してゆく内容である。

ベローは、「大枠を踏まえて物語を書くことが理想である」（『ソール・ベローとの対話』31）と述べているが、それは揺れ動く人の感情を捉える上で決して小さくはない挑戦であろう。ベローは、かつて『オーギー・マーチの冒険』でほとばしるように書きまくり、その後、『この日をつかめ』で文体を引き締めた。そして、「強大な抑圧者と思われた世界は僕からその怒りを取り除いてくれたのだ」と冒頭で肯定的な結果を報告し、後はそれに至る一部始終を熱っぽく語る『雨の王ヘンダソン』や、「たとえ狂っているとしても、かまわない」と開口一番に自分の禍を跳ね返す精神を示し、ぐるりと旋回して過去を述べ、再び冒頭に帰り、静謐の境地に至る『ハーツォグ』などを経て、『フンボルトの贈物』へと至ったのである。大枠を踏まえたうえで展開される物語は、気を散らす要素の多い現代に生きる読者に、集中心や方向性を与えてくれる有益な構造であると言えよう。

そこで、読者は、この物語より少なくとも以下の三点に注目するのではないだろうか。

一つは、死者を回顧することの多いベローの作品の特色である。シトリンは亡くなったフンボルトとの交わりを回想しつつ、自らの人生を反省し、魂の存在や来世の可能性についても思いを巡らす。

二点目は、若くして輝く才能を示したフンボルトが、詩人として短命に終わった要因は何か、という問いかけである。

そして、三点目は、六十代に近づいたシトリンが、人生の修復を目指す過程である。

本章においては、これら三点に絞って、『フンボルトの贈物』を辿ってゆきたい。

2　フンボルトとシトリンの交わり

一九三〇年代、フンボルトは、若くして機知にとんだ詩集を出版し、それが即座に有名になり、多くの読者や詩人たちに受け入れられた。時代の新たな感受性を示した『ハーレクイーン・バラード』である。詩人自らの人生や、友人・知人を謳った内容であったらしい。

当時、ウィスコンシン大学の学生であった若きシトリンは、明けても暮れても文学に没頭していたが、フンボルトの処女詩集に熱狂し、グレイハウンド・バスに乗って中西部よりはるばるニューヨークまで詩人を訪ねてゆく。

大柄で美男であった詩人は、文学に燃える若きシトリンを気に入り、グリニッチ・ヴィレッジで文学や思想を語り合い、書評の仕事を世話してやる。シトリンは、こうした仕事から次第に執筆の腕を磨いていったことであろう。

しかし、その後、フンボルトは没落し、代わってシトリンが劇作家・伝記作家として台頭してゆくが、この過程で、二人の「師弟関係・兄弟関係」は悪化し、十五年間も疎遠となってしまう。

やがてフンボルトの死後、金銭や名声を得たシトリンも六十代に近づき、かつてのフンボルトに似た体験を経てゆく。すなわち、成功と凋落、ジンをストレートで飲むこと、警察に逮捕される体験など、である。『犠牲者』のレヴェンサルとオールビーのように、二人の体験が似通ったものになってゆくが、ただし、シトリンは、フンボルトのように狂気に駆られ、泥沼にまで陥ることはない。それは、長命を保つ戦略を磨くシトリンならではの特徴であろう。

たとえば、他人に侮られ軽視されたとしても、シトリンはかえってそれを自らの向上の燃料へと変えてゆく(34)。フンボルトであれば、怒りと嫉妬で身を焦がすところを、シトリンはユーモアも活用し、精神的な打撃を最小限に抑えようと動くのである。これは、ユダヤ性と関わり、シトリンの存続に有益であり、彼の人生を修復する要素である。

また、地下組織の人間であるカンタビレに乞われ、分厚い書物を次々と要約する際に窺われるように、シトリンは自分の領域に関わる文献を丁寧に読んでいる様子である。その点は、手当たり次第に雑然とした読書に耽ったフンボルトとは異なる。

さらに、シトリンは、大恐慌の時代に青春時代を過ごしたが、それもフンボルトとの違いを生み出しているであろう。彼は、成功したからと言って、際限のない欲望を追求するのではなく、ある程度のところで満足し、緊縮財政にも慣れている。スペインで、若き愛人レナータの幼い息子ロジャーの世話をしながら、切り詰めた生活を営む例が見られよう。いったん大恐慌を生き延びた人は、いざというときに強いのであり、それは人生の修復に役立ってゆく。

3　フンボルトの没落の要因

さて、「フンボルトの成功は、十年ほど続いた」(2)という。短期の成功でも評価する向きもあろうが、それはともかく、彼はどうして詩人として長命を維持し、大成できなかったのか。機知に富んだ美しい詩を書いた時期はあっても、詩人としては短命であり、不十分な業績のまま終わってしまった。才能の豊かだった人物が、どうして短命であったのか。彼の興亡を見つめるシトリンは、劇作家・伝記作家として長命を目指しているのであるから、フンボルトの人生から学ぶことは多いであろう。

フンボルトは、「生と死の狭間で有益なことを成し遂げたい」（6）という願望があったにせよ、せっかくの才能を十分に開花させることなく浪費してしまった。その要因は、集中心と方向性の欠如であり、「詩人として次に成すべき具体的なことを見出せなかった」（155）からである。次に成すべき具体的なことに精力を集中すべきであったのに、それが拡散してしまったのである。「何よりも執筆を最優先する」（『ソール・ベローとの対話』20）ベローのように、詩作を第一義とする生活を貫徹すべきであったのに、フンボルトの生活には、世俗の欲望に気を散らす要素が多く、最優先事項に集中し、そこに方向性を見出すことができなかったのだ。

また、彼は、かつてのハーツォグ（『ハーツォグ』）同様に、あまりにも多くの要素を吸収し、それを体系化しようと図った（21）が、それは「人間以上の」試みであったのかもしれない。集中心や方向性を欠いたままで、自らの手に余る領域に足を踏み入れたら、どういう結果になるのか。それは、すでにハーツォグが苦い経験を味わったものであり、『宙ぶらりんの男』でジョウゼフが言う「底なしの貪欲」（88）に駆られた結果なのだ。彼がシトリンとの対話において露呈するように、多くの話題がきらびやかに展開されるものの、それは雑然としており、聴く者は話しの焦点をつかめない。詩人は、『フィネガンズ・ウェイク』を含めて、何千冊も読破した結果、博識であるかもしれないが、読む内容にも焦点や方向性が欠如していたようである。こうした締まらない精神状態から、果たして詩が生まれるのであろうか。彼には、詩作のための読書対象を絞ってゆくことが必要だったのであり、多彩な言動は「詩作へと集約されるべきものであった」(371)のに、それはいたずらに拡散する結果となった。

したがってフンボルトは、詩人として着実に活動してゆく心境を喪失したが、その代わりに滑稽で破天荒な言動を展開してゆく。世俗の成功(金銭・名声・地位・権力)を求めることに躍起となって、肝心の詩作を怠り、大きな真実を求めて人生を歩むのではなく、無意味な雑事にかまけてしまった。ひと時は有名になり、多くの仕事が舞い込んできたが、それらは詩的才能を伸ばす内容ではなく、「泡のごときもの」(121)であったという。

さらに、過度の飲酒や薬の乱用、不眠症、病的な嫉妬心など、長年の不摂生が積もりつもって、彼の創作力を縮めたと言えよう。やがて狂気に駆られ、それが増すにつれて詩はすぼみ、妻のキャサリンや親友であったシトリンを含めて人間関係が崩れてゆき、場末のホテルで孤独死する末路に至った。人の存続を支える精神的な共同体にも恵まれなかったのである。

ここには、「内面の欲求」に従って、晩年は困難で孤独な生活に陥り、孤独死したベローの友人アイザック・ローゼンフェルド（1918-56）や、一九五三年にプリンストン大学で力を合わせたという詩人ジョン・ベリマン（1914-72）の面影も含まれているかもしれない。そして、悲劇の人生を送った詩人デルモア・シュウォルツ（1913-66）の思い出が、フンボルトと大きく関わっているのであろう。

時代背景として、文学に理解を示したアドレイ・スティーヴンソン（1900-65）が一九五二年の大統領選に大敗したことは、フンボルトに衝撃を与え、作家たちとの交流が乏しかったことも、不運であったかもしれないが、肝心のフンボルト自身に詩作への情熱や工夫が欠けていたのだ。

フンボルトの年齢を考えると、創作力が最も盛んな時期を世俗の問題に紛れて浪費してしまったことになろう。若き日の輝く成功によって、気持ちが緩んだのかもしれない。成功した時にこそ、次の段階を見据え、気を引き締めるべきであった。

ジェイムズ・アトラスの伝記『デルモア・シュウォルツ　アメリカの詩人の生涯』（Atlas）には、フンボルトを連想させる事柄が多く盛り込まれてあるが、たとえば、「世俗のことに気が散って、詩作に専念できず」（305）、「まとめて仕事をすることが稀であり」（341）、「急ぎ、せわしなく、興味が分散しており」（155）、「混沌状態であり、緊急性がないと仕事ができないかのようであった」（122）という。創作力を発揮できた時期を浪費し、悪癖で詩人の生活を台無しにした様子が窺えよう。

さて、前述したように、シトリンにとって、フンボルトの盛衰から、作家として存続するために学べることは少なくないであろう。

フンボルトは、ベローのほかの主人公たち、たとえば、ウィルヘルム（『この日をつかめ』）やヘンダソン（『雨の王ヘンダソン』）にも見られたように、方向性や集中心が欠けていたが、初老に至って、人生の混沌に苦しむシトリンは、こうした欠陥から学び、残された人生に生かしてゆくことであろう。それは、魂の構築や、職業の選択や、存続のための術を磨くことを含むであろう。これまでの人生とは異なる次元を求め、存続のために内面の戒律を見直し、内奥に宿る声に耳を澄ませるのである。

人は、好・不調の波にもまれつつも、最優先事項に没頭する生き方から離れてはいけない。フンボルトの場合は、若くして名声を得たわけであるが、うまくいっている時にこそ、慎重になって次の詩作に没頭すべきであったのだ。

人は、最優先事項に日々の時間をささげ、それを急がず、休まず、楽しく継続するならば、いかに多くを達成できることであろうか。これを生きる基本姿勢とすべきである。ベローは「何よりも執筆を優先する」（『ソール・ベローとの対話』）と述べ、加えて、たとえば三浦綾子は、「一番したいことを先にする重点主義の方法」（『この土の器をも』228）をとり、村上春樹は「本当に自分にとって興味のあることだけを自分の力で深く掘り下げる」（『村上朝日堂の逆襲』253）と語るが、こうした姿勢こそが作家に長命をもたらすことであろう。それはフンボルトに欠けていたものであった。

フンボルトもかつて「根源的で新鮮な自己」（341）を抱いていたが、若き成功やその後の気を散らす要素に惑わされ、それが精神の眠りに陥ってしまったのである。

ベローが作品でしばしば指摘しているように、現代において「人の気を散らす要素」が個人の内面を侵略し、その魂を眠らせ、生きる本質を見失わせている。それでも人は、可能な限り俗世間の騒音を遮断し、物事の本質に集中して生きる体制を作らねばならない。

フンボルトも詩作を最優先にし、それに急がず、休まず従事していたならば、生産性が継続し、長期の成功を得られていたかもしれない。彼には、本来の自己を存続させるために最優先のことに集中する、という基本姿勢が欠けていたのだ。

とは言え、混迷と狂気の時期が長く続いたフンボルトは、晩年に正気を取り戻し、シトリンやキャサリンに贈物を残すほどの余力を発揮した。まず、かつてシトリンとフンボルトが戯れに書いた脚本が映画化され、国際的に評判となり、窮乏に陥った初老のシトリンに新しい生活に踏み出す資金を与えることである。また、フンボルトは、シトリンをモデルにした別の物語の大枠を書き残しており、その大枠をもとにして、シトリンが物語を構築するならば、それはさらなる資力を彼にもたらすかもしれない。ベローが作家ジョン・チーヴァー(1912-82)を悼む文章で述べているように、「人の生涯の内なる軌跡を探り、遺した痕跡を見極めることは、非常に感動的なことである」(『積もりつもって』274)。実際、フンボルトは、安ホテルで孤独死する前に、魂が生産的に回復した時期があり、シトリンやキャサリンに贈物を準備し、結果として、遺された者たちを新たな生活へと導くところは、非常に感動的である。狂気に駆られた時期も多かったが、結局、「生と死の間に何を成すべきか」(6)という模索を止めなかったのであろう。見方によっては、芸術に関心の薄い物質社会アメリカによって破壊された偉大な魂であった、と言えるかもしれない。

シトリンとキャサリンを想い出で結びつけるフンボルトの贈物は、この物語を通して、さらに多くの人に精神的な富を与えるかもしれない。

4　シトリンと修復の思想

聖書によれば、「宇宙の創造主である神に似せて創られた人」は、神の属性の一部である創造性や生産性を発揮し、神の協力者として、欠陥が多い現世の修復に努めるべきであろう。それが、ユダヤ教が説く、またユダヤ系文学に窺える、修復の思想である。

人は、自己を掘り下げ、日常性を超越し、宇宙の力を意識してゆく。存続するためには、内面や外面から、宇宙から、そして神から至る生命力に心身を浸すことが大切なのだ。日常を超越した次元で魂の覚醒を求めることによって、人の言動は厚みを増してゆく。それは、ベローの作品傾向と響き合うことである。

そこで六十代に近づいたシトリンは思う、「あらかた浪費した人生を修復するためには、せいぜい十年が残っているだけだ」（405）と。ただし、シトリンは、幸いなことに、「積極的に学ぶことを好み、修復の機会を得られることを歓迎している」（63）。人が求める魂の要求に必ずしも応えてくれない貧しい現代文明において、彼は、古今東西より叡智を学び、それに独自の資質を加えてゆくことであろう。

これまでの人生を「あらかた浪費してしまった」と嘆く彼は、フンボルトの没落に反比例して、世俗的な成功（名声や金銭）を獲得してきたが、それは本来の自己が疎外された虚しい状態であり、さらに現在、妻デニスとの離婚訴訟や娘たちの将来に関する不安などを抱え、順風漫歩の初老に至っているわけではない。

著名人の伝記を書き、ピューリッツァー賞を二回受賞し、劇作もブロードウェイで評判になったが、名声や金銭を得たことによって、かえって成功の落とし穴にはまり、本来の自己より逸脱し、魂が眠りに陥ったのであろう。人の言動が本来の自己より離れる時、もはや真の自己として機能せず、魂は眠りに陥るのである。むしろ、フンボルトの世話になって、書評を担当し、清貧の暮らしをしていた頃のほうが、精神も目覚め、幸福であったことであろう。

彼は、「老いても相変わらず美男で、優雅であり」(216)、「肉体的にも恥じない老い」(48)を目指し、身体を鍛えた結果、体形は崩れておらず、しかも依然として俊足である。子供時代の恋人ネイオミは、彼の初老の身体状況に驚嘆を隠せない。しかし、これらの恵みにもかかわらず、私生活では、多くの女性と交わりを繰り返し、妻との離婚訴訟で莫大な金銭や精力を費やし、若く美貌の愛人レナータにも手を焼いている。魂が眠った状態で生きてきたことや、本来の自己が成すべきことを怠ってきたという悔恨が尽きない。

衣食住に恵まれ、豊かな業績もあるのに、何を悩んでいるのか、ぜいたくな悩みではないのか、と人をいぶからせるシトリンの人生であるが、すでに『雨の王ヘンダソン』などで見たように、これは物質に富むが、精神が貧困なアメリカの状況なのだ。衣食住の問題ではなく、精神の問題である。物質の獲得に人生の大半を費やし、精神の成長をないがしろにしてきた、という反省である。真に生きる意味を考えるならば、これは大きな問題であろう。

ここで歴史を振り返れば、東欧から渡米したユダヤ移民にとって「約束の地」アメリカは、多くの面で旧世界より恵まれていたのである。衣食住が十分で、飢えや迫害に苦しむこともない。思想上の理由で収監されることもなく、強制収容所に抑留されることもない。発展途上国に比べても、非常に豊潤である。それほど多くの利点を享受しているのであれば、人類が抱える諸問題に関して、もっと尽力していいはずであるが、実際、アメリカ人は、飽食にかまけ、精神を眠らせ、些末な娯楽にふけり、惰性的な寝食を繰り返しているだけではないのか。ヘンダソン（『雨の王ヘンダソン』）でなくとも、「目覚めよ、アメリカ人よ！」（160）と叫びたくなる状況である。

そこで、恵まれたアメリカで暮らし、物質生活には問題がないベローの主人公たちは、高次の精神生活を求めているのである。たとえば、『宙ぶらりんの男』ジョウゼフは、徴兵に手間取り、失職中であるが、十九世紀の文人ヘンリー・デイヴィッド・ソローのように、衣食住を簡素に賄い、精神的な高みを目指している。また、『この日をつかめ』のウィルヘルムは、セールスマンをしていた会社では、副社長候補に挙がったほどであるから、それなりの収入があったはずであるが、その会社を自ら飛び出してしまったがゆえに、現在の苦境があるに過ぎない。その状況で、彼なりに精神の高みを求めているのである。結局、ジョウゼフから、『ラヴェルスタイン』のチックに至るまで、彼らの目指すものは、物質的な探求ではなく、高次の精神生活である。

シトリンの場合は、心臓手術を受けた兄ジュリアスがうらやむほど健康に恵まれ、若いころから文学に没頭し、高次の精神生活を探求してきたが、「失望を繰り返し味わってきた」

(186)という。伝記作家、劇作家として国際的に知名度が高く、ピューリッツァー賞を二度も受賞し、演劇作品はブロードウェイで人気を博したが、たとえば、妻デニスから見れば、それほど功績を挙げた夫でさえ、生き方に問題があり、人生の修復が望まれる、ということなのだ。

それでは、シトリンはいかなる修復の思想を求めようとしているのであろうか。

まず、彼は、シカゴの貧民街で暮らした子供時代をしばしば回想し、昔の級友たちとの交わりを大切にしている。多言語を習得し、雑誌の共同編集を企画するピエル・サクスターや、建設業を営み、地下組織にも詳しいジョージ・スワイベルなどである。それは、『雨の王ヘンダソン』などの場合と似て、まだ魂が目覚めていた子供時代の気持ちに戻ることによって、人生の修復を目指しているからであろう。

さらに、シトリンは、学生時代からの恋人であったネィオミを大切にし、兄ジュリアスと会う際に若き頃をしきりに回想する。彼にとって(そして多くのベローの主人公たちにとって)子供の頃は「黄金時代」だったのだ。そこには人生を修復してゆくうえで、有益な宝が秘められているのである。精神がはつらつとし、好奇心が旺盛で、直感が鋭かった子供時代を追体験することは、修復を助けるであろう。

工業化の波に洗われ、見慣れた光景が失われ、武器を携行した酔っ払いや麻薬患者がバスや電車にたむろするシカゴで暮らしながらも、シトリンはそこに「精神の共同体」を築こうとしている。厳しい環境であっても、親密な人々の交わりがあれば、心の故郷になり、人生の修復に役立つのである。

次に、シトリンは、いわゆる「普通の生活」から逸脱することが多いが、それは眠ったような魂を奮い起こし、本来の望ましい生き方を求める道なのではないか。たとえば、神秘思想家ルドルフ・シュタイナー（1861-1925）の人智学に関心を寄せ、彼が勧める瞑想によって死者を回想し、死者の魂に語り掛けている。

また、カンタビレのごとく地下組織の人物と交わり、レナータのような三十歳も若い恋人を求める。職業も毎日決まった通勤をする必要がなく、自ら時間管理をする執筆業である。さらに、精神の安定を得るためにヨガをし、腕立て伏せや倒立を試み、瞑想を通して自己を掘り下げ、内奥からの声に耳を澄ませる。彼は（ヘンダソンやハーツォグなどのように）魂の覚醒を目指す奮闘を展開しているのである。

犯罪都市シカゴで育ったシトリンが交わる地下組織の人間カンタビレは、「強靭で実際的であり」（106）、『この日をつかめ』のペテン師タムキン博士のように、人生の混沌に陥った主人公を助ける役割を果たし、また、カンタビレ自身もシカゴで著名なシトリンとの交わりによって精神の成長を望んでいるそぶりを示す。さらに、なんと彼の妻は、大学院の博士課程に在学中であり、詩人フンボルトに関して博士論文を執筆中であるという。高学歴の女性は、犯罪者に惹かれ、犯罪者も精神的な高みに憧れる傾向がある、という例であろうか。

アル・カポネなどで悪名高き犯罪都市シカゴで育ち、地下組織の人間とも交わるシトリンは、いかさまトランプで負けた金の支払いを拒んだために、カンタビレに深夜の脅迫電話で悩まされ、メルセデス・ベンツを壊され、ついに支払った金を高層ビルより紙飛行機にして飛ばされるなど、荒々しい体験に巻き込まれてゆく。こうしたドタバタの果てに、カンタビレは、フンボルトの贈物に関して、一割の手数料を得、それなりの役割を果たしてゆくのである。

一方、死についていかに考えるか、すなわち死に向き合う姿勢が、人生の修復につながってゆく。

シトリンは、八歳の時、結核療養所で過ごすが、その折に、同病の子供たちが次々と命を落としてゆく。死は、彼にとって、子供時代から馴染み深いものだったのである。彼は、幸いにもこの苦境を逃れるが、（ベロー自身のように）生き延びたことに責任を感じ、その後の人生を修復の過程と見なすようになってゆく。若くして死への真剣な対応を学んだことは、幸いであった。

一般論として、「死は、鏡の裏面のごとく、ものを見る際に必要である」（262）し、死を等閑視しては、ものを正しく見ることはできない。それなのに、「死について何らか悟る者は、千人に一人であり」(188)、「死に無知であることで、われわれは駄目になっている」(350)。死に真剣に向き合わず、死が日々及ぼす影響を無視するようでは、盲目の生を歩むようなものである。

その点、死を意識して生きるなら、必然的に生に対して真剣になる。もし半年後に生が絶たれると分かれば、人は残された時間を懸命に生きようとし、日々をあたかもこの世を去る前日と見なし、大切に過ごすであろう。死を意識すれば、生きる真剣さを常態化できるのである。存在の虚無感をごまかそうと、皮相的な快楽に埋もれるのではなく、最優先のことに集中して生きるのである。

突如襲い掛かる死に際し、誰もが、死の門をくぐらねばならない。それが不可避であるなら、人は死が訪れるまで、最優先事項に集中して楽しく生きるしかないではないか。それは、本来成すべきことに没頭し、魂が目覚めた状態で生きることである。

ホイットマンによれば、「死に関する偉大な詩が書かれなければ、民主主義は幕を閉ざすであろう」(376)という。すなわち、死を意識して生を営むことを怠るならば、人の自立心や責任感や生産性が減少し、民主主義は衰退するであろう。

ベローの諸作品に見られるように、人生の修復を目指すうえで、死に向き合う態度は、極めて大切であるが、実際、それはなかなか達成されていないようである。人々は、シトリンの兄ジュリアスのように、事業に忙殺され、専門分野に縛られ、些末な娯楽にふけり、死は存在しないかのように、人生を歩んでいるのではないか。これでは、人生を総合的に捉え、充実した生を営むことは至難であろう。

さて、「ベローは、魂の構築に意を注ぐ人に最も関心をそそられる」(『ソール・ベローとの対話』188)と述べるが、魂の抱く内容が、時間の質や将来の形成に関与し、人生の修復をもたらすのである。

「他の人々の思想などを取り入れ、血肉化してゆく」(288)ことは、自己の魂を構築するうえで肝要である。伝記作家、劇作家としてシトリンは、確かに他者の思想などを取り入れ、それを血肉化しているが、そのことは、フンボルトを回想している時にも、シトリンの内面に生じているであろう。

「魂は、すべてを包含するより大きな生に属しているのだ」(332)。魂には神の聖なる光の断片が含まれているのだ。また、「各人には永遠につながる核のようなものが含まれているのではないか」(438)。これらの言葉は、大きなものにつながる自己を想定し、生涯を修復してゆこうとするシトリンの姿勢を示唆している。

また、シトリンの修復の思想は、新しい生活への資金援助をしてくれる点で、兄ジュリアスとも無関係ではない。

『宙ぶらりんの男』ですでに見られたように、兄は物質を求め、弟は精神を探求するという「同じ母親から生まれたとは、とても思えない」対照的な兄弟である。

夜間学校や法科大学院に通い、それなりに努力した兄は、やがて不動産・建設業に携わり、ショッピング・センターやコンドミニアムやモーテルなどを建て、彼が住むテキサス州界隈を変貌させている。

兄は事業の才覚に優れ、有名なゴルファーである妻ホーテンスとの仲は良いが、私生活では、三台ものテレビが同時につけられ、特製の戸棚には、衣服や靴や帽子などが詰められ、「物質の過剰」が際立っている。また、しきりに食欲を満たそうとし、肥満になり、病気に悩まされている。腹も出ておらず、体形も崩れず、健康なシトリンとは対照的である。

弟の著作や演劇を全く理解できないと言うが、それでも、大海原を描いた絵に惹かれるように、兄ジュリアスにも物質一点張りではない心境が芽生えているのかもしれない。物質の過剰は、人を決して幸福にしない。たとえ少数であっても、長年大切に扱い磨き上げてきた物で周囲を囲むことこそが、人を安定させ幸福をもたらすのである。大海原を描いた絵に惹かれるというジュリアスは、このことにおぼろげながら気づき始めているのかもしれない。

結局、誰にとっても、その使命とは、自己の能力を可能な限り高め、それによって人生を修復し、併せて、現世の修復のために可能な範囲で努力することであろう。

宇宙の創造主、神によってこの世に生を受けた人は、それぞれ果たすべき使命を担っているのであり、シトリンが、自己を掘り下げ、内奥で創造主の声に耳を澄まし、人生を修復しようとする努力には意味がある。

矛盾が多く、不完全な現世を修復することが、神のイメージの片鱗を抱き、神の協力者である人に求められているのである。それが各人の使命であり、生きる意味であろう。

5　シトリンと女性たち

シトリンは、ベローのほかの主人公たちと同様に、華やかな女性関係を展開しているが、各女性の存在にはそれなりの意味があり、それがシトリンの人生の修復を助けている場合もあろう。

たとえば、「文化によって身を守りたい」(309) と願うシトリンにとって、妻デニスは「彼の知的生活を支えてくれる理想の相手に思えた時期があった」(同上)。彼女は、美容院で世界事情を速読し、ホワイトハウスに夫妻で招かれた折りには、大統領と国際情勢を談義するなど、情報収集や整理能力にたけた女性なのであろう。彼女なりに努力し、知識人たちを家に招き、夫を援助しようと努めた時期があった。しかし、シトリンは、通常の「知識人」とは、馬が合わないと言う。彼らは、狭い領域の専門家に過ぎず、歴史・宗教・哲学の知識に乏しく、創造性に欠け、大きな課題に挑戦することがない。このような人々を、シトリンは避けるのであろう。『ソール・ベローとの対話』にも、専門知識や技術は優れていても、歴史・宗教・文学などへの関心が薄く、魂の内容が空疎である人々への言及がある（232）。現代は、あまりにも細分化され、各自は狭い領域内でしか機能することがない。シトリンは、こうした細分化の壁を越え、新たな統合を模索することが、修復への道と考えているのであろう。

一方、ラテン語教師であり、個人的な問題も多いが、献身的であったデミー・ヴォンゲルを、シトリンはしばしば思い出している。彼女は、シトリンにとって「本物の女性」だったのであろう。彼女が、南米で父親とともに飛行機事故で亡くなった時、シトリンは密林で何ヶ月も彼女の遺体を捜索したという。彼女のことをそれほどまでに思っていたのだ。

また、シトリンはフランスから勲章を授与されたが、その妻となることに憧れていたドリスという女性も存在したのだ（260）。

さらに、「四十年間、ネィオミを毎夜抱擁できていたならば、人生は完全に満たされていただろう」（290）と若い頃の恋人に対して、シトリンはロマンチックな言葉を繰り返す。

しかし、実際、彼が知的な発展を続けるのであれば、平凡な女性に過ぎないネィオミとでは、

『宙ぶらりんの男』のジョウゼフとアイヴァのように、不釣り合いな夫婦となり、結婚は破綻していたのではないか。ちなみに、キャサリンは、夫フンボルトの知的な会話を理解しようと、常に読書に励んでいたが、ネイオミにそうした努力を期待するのは無理であろう。

三十歳くらいで離婚歴があり、幼い息子ロジャーがいるレナータには、若く美しく性的な技巧にも優れているという利点がある。若い恋人をとどめておくために、中年のシトリンは「体形を維持する」努力を迫られたことであろう。加えて、彼には、「危険な要素を含み、ハラハラさせられるような女性を好む傾向」(366)があるらしい。危険に満ちた都市シカゴで育ったことが関連しているのであろうか。レナータのような危険な恋人と交わることは、魂の眠りを覚まし、人生を修復する試みの一環だったのかもしれない。

今後、離れてゆく女性たちの中で、ネイオミは過ぎ去った昔を語り合う相手として、キャサリンは、フンボルトを回想し、高次の生活に理解を示す相手として、残るであろう。

客観的に見ても、素晴らしい女性が多く、普通の人であったならば、その中の一人とでも一緒に過ごせたなら、満足したかもしれない。そうした魅力的な女性が、作品を彩っているのである。主人公は、彼女たちと暮らして、それなりに満たされ、別れに至った時は、苦しみを味わったことであろう。

6　シトリンの今後

さて、シトリンは、今後どのように生きてゆくのであろうか。

彼は、精神の覚醒を求め、新しい生き方に挑戦してゆくであろう。本質的な生き方に日々携わっていることが、存続の要件ではないか。反対に、生命を支える精神的な要素が欠けると、人は萎えてしまうであろう。

彼は修復の思想に沿って、フンボルトの贈物がもたらす収入を活用しながら、高次の精神生活を目指すのではないか。物質探求を最小限にとどめ、その分を精神的な探求に充当してゆくことであろう。フンボルトの贈物は、その文化的価値は、それほど高くないかもしれないが、シトリンやキャサリンに、数年を生きる資金を与えてくれるであろう。

加えて、シトリンは、不動産・建設業を営む兄ジュリアスの事業に投資することによって、それなりの収益を期待できよう。さらに、彼が執筆業を継続するならば、余生を送るために、そして愛する娘たちの教育のために、必要な資金を確保できよう。

言わば、シトリンは、善を成そうと思いつつ、途中で倒れたフンボルトの仕事を引き継いでゆくのである。また、現代人の精神を記録する仕事を娘に受け継いでもらいたいと願っている。

ところで、シトリンの妻帯の可能性はどうであろうか。デニスとの生活に幕を閉ざし、葬儀会社の社長フランゼリと結婚したレナータとも別れた彼は、万が一、兄が死去した場合に薦められる兄の妻ホーテンスではなく、おそらくフンボルトの未亡人キャサリンと一緒になる可能性が高いと思われる。知識人の妻となる負担に怯えるネィオミとは異なり、かつて夫フンボルトとの知的な会話に合わせるために読書に励んだキャサリンであるならば、そして同情をもって人の話に耳を傾ける彼女であるならば、シトリンとうまくやってゆけるかもしれない。

7　おわりに

シトリンがフンボルトの贈物を得、さらに兄ジュリアスの事業への投資によって資金を確保し、成そうとしている「より高次の活動」とは、せっかく与えられた自由を人間的な発展のために活用してゆくものであろう。それを首尾よく達成してゆくために、（ベローの諸作品で強調される）集中心と方向性が重要であり、それは精神の覚醒を促すものである。

精神の覚醒とは、本来の自己が成すべき最優先の仕事に没頭することによって、得られる目覚めた状態である。自己のより深い存在に到達することを目指すものである。その状態に達しないならば、人は半分眠ったままで、無意味な人生を抱えて歩き回ることになってしまう。

おそらく今後もシトリンが暮らすシカゴは、犯罪が多発する危険地域であろうが、そこには大学を含め馴染の場所が残っており、幼馴染の級友も含めて親しい人々も少なくない。離婚を経験したシトリンは、（ほかの主人公同様に）子供たちに対する愛情は、非常に細やかである。危険なシカゴにさえ精神の共同体は存在し得るのだ。そこでは厳しい現実が描かれると同時に、存続を可能にする精神の共同体も創出されるのである。

第10章　精神の共同体と存続――『エルサレム紀行』

1　はじめに

歴史を振り返れば、ユダヤ人と都市との関わりは深い。ユダヤ人は、聖書で述べられる時代を除いて、農業に携わることは少なく、土地を所有する権利を奪われ、都市の貧民街に身を寄せて暮らすよう強いられてきたのだ。彼らは都市で存続する術を求めるしかなかった。

そのことは、カナダ・ケベック州のモントリオールの貧民街で暮らし、やがてシカゴやニューヨークに移り、学び、創作した作家ベローにとっても、同様であったことだろう。たとえば、彼が親しんだシカゴにおいて、自らが好む場所を見出し、執筆の傍ら教鞭をとる大学の同僚のみでなく、巷においては（大統領や閣僚から、いかがわしい地下組織の人々までを含めて）驚くほど多様な人々と交わり、そこに「精神の共同体」を築き、人として、作家として、存続を図ろうとしたのだ。それは、文明の衰退を憂い、人の蛮行がはびこる状況で、存続を求めてとった戦略である。

それはまた、彼が一九七五年に、ヘブライ大学で講義を担当する著名な数学者の妻アレクサンドラと共に、エルサレムに秋から冬にかけて三ヶ月間滞在した折にも、踏襲した戦略であったことだろう。ただし、異なる点を挙げると、「そこに腰を据えるベロー」ではなく、

「エルサレムに来てシカゴに戻るベロー」として、論争好きの彼にしては（たとえ内面で反論したとしても）表では自分の意見を抑え、聞き役に回っていることである。

当時は、一九六七年の六日戦争で人勝した後、一九七三年のヨム・キプール戦争で大きな痛手を被ったイスラエルにとって、厳しい時代であった。

ちなみに、ベローが『積もりつもって』所収のエッセイで言及している、ユダヤ系経営学者ピーター・ドラッカーは、「うまくいっている時にこそ、次の段階を考え、不遇の際は神の試練と思い耐え抜くのである」（『非営利組織の運営』Drucker, 223）と、組織や個人が長期にわたって生産性を発揮する思想を述べているが、これこそ六日戦争よりヨム・キプール戦争に至る当時のイスラエルが必要としたものであったかもしれない。六日戦争のあまりの大勝に酔いしれ、現実が宙に舞い上がり、幻想が人々の心に舞い込んできたのではなかったか。現実から遊離した政策は、堅固な成果をもたらさないであろう。

さて、ベローは、イスラエルの厳しい状況において、シカゴの場合と同様、ヘブライ大学の教授たちのみでなく、イツハク・ラビン首相や閣僚や巷の驚くべき多様な人々と交わってゆく。外部者・内部者の立場をとり、人々が集い話すことを娯楽と見なすエルサレムにおいて、多様な人々の話を傾聴し、その雰囲気を吸収し、彼らと魂の響き合う「精神の共同体」を求める姿勢を堅持しているのである。その核心は、「イスラエルの存続」を求める戦いである。衣食住の必要を満たしたうえで、人として存続するために、「精神の共同体」を構築することは、ベローのみでなく、誰にとっても、大切なのではないか。

ベローは、『エルサレム紀行』（1976）において、複雑な中東情勢や超大国の思惑や文明の衰退などを身にしみて感じるのみでなく、その中に一筋の光明を見出し、存続に関わる「精神の共同体」を築いてゆこう、とする作家魂を崩していない。

2　政治的な要素

そこで、エルサレムにおけるベローの魂の交わりや精神の共同体の構築を、三つに分類してみたい。

まず、政治的な要素であるが、ベローはイスラエル政府の刊行文書や地中海のロシア海軍の動きに関して読書の幅を広げ、ラビン首相、アバ・エバン外相、シモン・ペレス国防相、そしてエルサレム市長などと交わり、驚くべき人脈を発展させている。イスラエル作家アモス・オズ（1939-2018）によれば、イスラエルの政治家たちは、アメリカの場合と異なり、作家を大切に扱う（『現代イスラエルの預言』Oz）というが、実際、首相や閣僚たちは、会食を伴い、ベローとひざを突き合わせ、長時間にわたって対談を展開しているのである。

ラビン首相は、三十年近く軍人であり、米国大使や国防相を務め、軍人が政界に入ることの多いイスラエルにおいて、首相に二回選出され、イスラエルの存続と中東和平を求めたが、後に右翼のユダヤ人同胞に暗殺された。ベングリオンという偉大な指導者を失った後、連立政権の維持に苦慮し、政権内の分裂にも苦しむ状況にあった。ラビン首相は、中東和平に尽くしたが、長く軍人を務め、多面的な要素を持った人物であったと言えよう。ラビン首相の妻は、夫を回顧した著書『ラビン――私たちの生活と彼の遺したもの』（Rabin）にも示されるように、言動が達者である。ベローは、苦境の中で平静を保とうとする首相の意見に耳を傾けながら、アメリカの世論に配慮するよう示唆している。

次に、ベローがイスラエルの国会に赴いて昼食を共にするアバ・エバン外相は、「数種の新聞を同時に読む」ことからも示されるように、多方面に気を配り、均衡の取れた意見を述べる政治家であるが、また、『私のイスラエル見聞録』（Eban）を含む数冊の分厚い書物の著者でもある。アルゼンチンでのアイヒマン逮捕にも関与した人物であり、ロシアのグロムイコ外相とも激論を交わし、数々の逸話に富んだ人物である。ベローはエバン外相と魂の響き合いを感じているようである。

さらに、ベロー夫妻は、エルサレム滞在中、テディ・コレク市長のもてなしを受けている。市を運営する最高責任者と交わったことは、エルサレムを巨視的に眺める機会をベローに与えたかもしれない。コレク市長は、国際的に幅広い人脈を持ち、柔軟に市の運営に従事し、ユダヤ系のみならずアラブ系市民にも人気があるという。彼が多忙な中で、個々の市民の要望に対応する挿話が紹介されている。エルサレムを愛し、伝統の維持や発展のために奮闘し、ベローを困惑させるほど、多くの企画を立てている。

ベローは、イスラエルの政治家たちと情報交換のみでなく、魂の交わりも感じたことであろう。政治家たちの優れた面やその強靭な性格を評価しながらも、彼らには、詩的・芸術的な要素が欠けているのではないか、と批判するが、これは、ベローなりの高い理想を述べたものかもしれない。ただし、実際、前述したように、イスラエルの政治家たちには著作が多く、たとえば、ペレツ国防相は、作家でもあり、十冊ほどの著書を出版し、詩や歌も創るという。ベローはこうした人々との交わりを通して、創作意欲を掻き立てられたかもしれない。

興味深いイスラエルの政治家たちとの交わりは、ベロー夫妻がホワイトハウスへ招かれて体験した無意味な儀式よりも、はるかに有意義であったことだろう。

3　宗教的な要素

次に、宗教的な要素であるが、イスラエルの人々は、たとえユダヤ教への信仰がない場合でも、何らかの形で宗教的な生活を営んでいるという。精神的な指導者ラビになることを期待されていたという作家ベローの子供時代を想起させるユダヤ教ハシディズムの人々や、タルムードを学ぶ数学者・物理学者・生物学者との交わりや、エルサレム全体がその雰囲気に包まれる安息日の集いなどを経て、ベローは、生きるために本当に大切な数少ないことに集中する宗教と芸術との響き合いを感じたことであろう。

ベローがロンドンのヒースロー空港からイスラエルへの旅路で遭遇するハシディズムの人々を含めて、信仰心の篤い人々がイスラエルで果たすべき役割があるであろう。たとえば、エルサレムのメア・シャリーム地区に住んでいる超正統派は、宗教や伝統を守る、という意味で大切ではないか。

ただし、実生活において超正統派の人々は、あまり生産的でないという（『イスラエルを知るための60章』）。加えて、「産めよ、増やせよ」という戒律に従う彼らは、概して子供が多い。結果として、実生活であまり生産的でない人々が増えたら、国の将来はどうなるのか、という問題が深刻になるかもしれない。

昔、偉大な精神的指導者であるラビたちは、宗教生活に明け暮れるとともに、世俗的な仕事にも従事し、生活を営んでいたという。そうした古い伝統を、現代の超正統派の人々も取り入れたらよいのではないか。実践的・精神的な両面が交わる生活様式は、彼らの宗教心を鍛えるものではないだろうか。

ベローの作品を振り返ると、『宙ぶらりんの男』や『犠牲者』などでは、ユダヤ教に精神の核を持たない主人公たちが描かれ、それが、短編「古い道」や『サムラー氏の惑星』や『ベラローザ・コネクション』などを経て、ユダヤ教に関心を示す主人公たちが登場する。こうした過程を眺めると、ベローがエルサレムへの旅でハシディズムの人々と遭遇したことには、少なからぬ意味があったのではないか。ベローは、三ヶ月後の帰路においても、ハシディズムの人々に思いを寄せている。

4　文化的な要素

作家のアモス・オズが暮らす集団農場（キブツ）において、人々は、早朝から汗を流して労働し、その後、着替えてさっぱりした状態になり、しっかりとした読書や、古典音楽を楽しみ、文化の香りにあふれた「極楽」を堪能しているという。効率的なハイテク農業を営み、九割を超える国の食料自給率に貢献し、そのうえ、文化的な生活の質を高めているのである。艱難辛苦を経てイスラエルへやってきた甲斐があるというものではないか。

なお、アモス・オズを含めてキブツで暮らす芸術家たちは、農場の労働から部分的に解放され、芸術活動に専念し、芸術家同士の交わりを経て、セミナーを開き、作品を展示する機会も得られているという（『イスラエルの現状』1964）。

次に、ベローが十年ぶりに再会するメイヤ・ワイズガルは、世界的に有名なワイツマン研究所を創設した人物である。東欧より渡米し、十代で新聞やマッチを売り、八十歳を超えてなお精力的に飛び回り、多くの名士たちを魅了し、彼らから研究所を発展させるための多額の献金を得ている。著名人たちを動かす魅力を持つ人物なのである。そこには魂の響き合いがあるのであろう。老いても盛んなこのような人物が、エバン外相、マッサージ師のモシェ、キング・デイヴィッド・ホテルの理髪師などを含め、ベローを魅了している。サムラー氏を含めて、老いて盛んなベローの主人公たちに連なる人脈である。

イスラエルの人々は、仕事や、そのほかの理由によって、広く世界を旅する。彼らは、精神的な広さを必要とするのであろう。ベローがエルサレム滞在中に交わったワイズガルも、まさにそのような人物である。

一方、妻アレクサンドラの同僚であるエリア・リップス教授は、かつてチェコスロヴァキアにおいてわが身にガソリンを被った抵抗運動によって収監された精神病院で、文献なしに数学の難問を解いた天才であり、タルムードを学ぶ数学者であり、静かに端座するその姿は哲学を感じさせる。ヘブライ大学には、激動の歴史を経た教授が多いのであろう。また、学生たちは、朝夕にテロへの注意を喚起され、警戒パトロールにも参加している。献身的で真剣な教授や学生が集うヘブライ大学の優れた教育が、想像されよう。

また、人の筋肉をもみほぐすことを天職とするマッサージ師モシェの職人気質や、物事の核心を突いた問いや、目的意識の明確な生き方は、ベローを感動させる。『雨の王ヘンダソン』など、諸作品で身体と精神の神秘的な関わりを説き、人生を修復の過程であると見なすベローにとって、モシェとの魂の交わりは、エルサレム滞在において意味深いものであったことだろう。

ある日、ベローは、緊迫した政治問題からしばし離れ、二人の詩人と観光を楽しむ。アラブ系の屋台で買った食料を詩人の簡素な住居に持ち込んで、ウォッカを飲み、文学談義にふける。そして、亡くなった友人の詩を朗読し、その思い出に浸り、『フンボルトの贈物』につながるような、心を洗う時間を過ごす。ベローは、非常に緊迫したエルサレムの状況においても、詩人たちやイサク・スターンなど音楽家たちとの魂の交流を欠かしていない。

徒歩でどこへでも行けるエルサレム、古いものと新しいものが共存する都市を、ベローは、魂に良い影響を及ぼすというエルサレムの大気や日光を浴びながら、ヘブライ大学の教授たちとしばしば歩き回り、魂の響き合う対話を展開している。

その対話の核心とは何であろうか。それは、厳しい状況で、必ずしも生きる権利を保障されていないイスラエルの人々がとる存続への戦いである。実際、シカゴやニューヨークなどの都市でも、あるいはそのほかの世界の都市でも、犯罪の増加や環境の悪化や文明の危機などで、人々は存続の危機に瀕しているが、エルサレムの場合は、アラブ諸国との緊張が加わり、存続問題が一層切実に感じられる都市である。それだけに人々の存続のための戦いは、必死であり、真剣である。ヘブライ大学の教授たちとの対話の中から、アラブとイスラエルの敵対関係の中でいかに存続を模索するか、という知識人の真剣な考えが数多く出されている。

しかし、ベローが『エルサレム紀行』で繰り返し指摘しているように、現実は必ずしも知識人の思惑で動くわけではない。ここに『宙ぶらりんの男』で示された理想の構築物と現実との格差が、大きく口を開けているのだ。それでも、困難な状況で一筋の光明を見出すために、精神の共同体を模索することは、ベローにとってだけでなく、誰にとっても必要なものではないか。

人は、自分に適した組織に属し、自己の強みを充足させて生きる中に満足や幸福を見出すのであるから、これを一つの出発点にして、辛抱強く目安を求めてゆくしかないのである。

5　アラブ、イスラエルの将来

これまで見てきたように、状況は極めて厳しいものであるが、アラブ、イスラエルの今後は、いかに進展してゆくのであろうか。

先ず、両者の関係を難しくしている難民問題があるが、実際、パレスチナ難民だけでなく、中東戦争の折にアラブ諸国を追われたユダヤ難民も存在していたのだ。そのユダヤ難民は、面積が四国ほどのイスラエルに逃れ、ウルパンと呼ばれる全国に張り巡らされた成人教育の施設でイスラエル文化やヘブライ語の訓練を受け、有益な市民として吸収されたのである。これは優れた運営であった。

それに対して、パレスチナ難民は、広大なアラブ諸国のいずれにも吸収されず、難民キャンプで非常に混雑した生活を強いられ、イスラエルを非難する道具として、政治的に利用されることになった。これは、政治的にも経済的にも、また道義的にも、きわめて粗雑な運営であったと言えよう。

こうした状況において、仮にパレスチナ難民キャンプに生まれ落ちたならば、いかに人生を運営してゆくのか。ただ政治的に利用され、安い労働力として搾取され、そして見捨てられる運命であってよいのか。かつてのユダヤ難民がそうであったように、苦境の中でも懸命に教育を求め、物質・精神生活を向上させてゆくしかないではないか。また、生活向上のためには、混雑を緩和させる人口抑制も考慮されねばならないだろう。

一方、イスラエルのユダヤ系の人々は、たとえば、ベローの友人ジョン・アワーバッハのように、ワルシャワ・ゲットーを脱出し、ホロコーストを生き延び、家族や親族の多くを失って、イスラエルへ渡り、集団農場で長年重労働に従事してきた。これは、イスラエルの人々の「典型的な」生き方であるという。彼は、人間的な魅力にあふれ、文学に興味があり、ベローと魂の響き合いを感じている。彼のような人々は、苦難によって鍛えられ、強靭になったのだ。

さらに、全体主義の苦難を経た高学歴のロシア系ユダヤ人が大量に移住し、イスラエル社会に変化を与えている。逆境で鍛えられた彼らから、どのような創造性や生産性が発揮され、いかなるハイテク産業が築かれてゆくのであろうか。

結局、アラブ、イスラエル問題の中核は、アラブ諸国がイスラエルの建国を認めず、その壊滅を目指してきたことであろう。ホロコースト生存者が、共に暮らすことを望んだ初期のシオニズム運動も、獰猛な敵に対して存続を図るために変容を遂げてきたが、ホロコースト生存者たちは、不毛な砂漠やマラリア蚊のはびこる湿地を開拓し、ハイテク農業を発達させ、都市を築き、文化を発展させてきた。その恩恵を受け生活が向上したアラブ系住民も少なくないはずである。ただし、そうした人々は、イスラエルに感謝を示せば、アラブ系の同胞に「裏切り者」と非難される恐れを抱え、微妙な立場に置かれている。

今後、アラブ諸国にも、イスラエルに対して寛大になるような変化が生じるであろうか。アラブ系の人々も偉大な文明の子孫なのであるから、彼らの広大な国土に対して、ささやかな土地の所有をイスラエルに認める寛大さを示し、共存共栄を目指すことは無理であろうか。

実際、アラブ諸国には、腐敗がはびこり、粗雑な社会の運営がなされているのではないか。それは、原油の樽にあぐらをかいた運営であろうが、原油が枯渇した場合、あるいは、石油に代わる燃料が開発された場合、どうするのか。その時に、逆境の中で切磋琢磨し、ハイテク産業などを発展させてきたイスラエルとの関係に、新たな進展が生じるかもしれない。

ベローは、イスラエルとの協調路線を探るアラブ系新聞社の編集長と対談し、シカゴ大学の同僚であったアラブ系研究者の著作を紐解いている。

ユダヤ系とアラブ系の溝を埋めることは容易ではないが、ベローが実践したように、精神の共同体の構築を求め、絆を築く過程を歩む中で、いつの日か、両者の共存共栄が育まれてくるかもしれない。これは、ユダヤ教の使命に基づいた修復の思想である。

6　別れの会

三ヶ月の滞在後、エルサレムを去るにあたって開かれたベロー夫妻の送別会は、印象的である。そこには、魂を響き合わせてきた友人・知人が多く集う。騒々しいアメリカのカクテル・パーティと異なり、集う人々は静かに座り、飲食を楽しみ、会話を一つに集約させてゆく。ベロー夫妻や集まった人々は、大切にしていたものを交換しているようである。テロの絶え間ない緊迫したエルサレム、安らぐ間もない雰囲気、諸方面に気を配らざるを得ないせわしなさ、などがありながら、そこには精神の覚醒があり、逆境の中で奮闘する人々が暮らし、苦難の歴史を生き延びてきた興味深い人々が存在している。そこを去るにあたって、ベロー夫妻は、悲しみに浸り、窓外の景色を名残惜しそうに眺め、できることなら迎えのタクシーが故障し、飛行機に乗り遅れることを望む。

こうした別れの会の雰囲気は、築かれた精神の共同体を象徴的に表わすものではないか。エルサレムを去った後、ベローはさらにロンドンにおいて、そしてシカゴにおいて、親しき人々と交わりながら、精神の共同体の構築を続けてゆく。

そして、精神の共同体の構築は、ベローの作品を読むわれわれにも受け継がれてゆくのであろう。

7　自由と精神の眠り

最後に、三ヶ月のエルサレム滞在を経て見えてくることを、三点ほど挙げておきたい。

一つは、自由と精神の眠りである。

自由とは、『エルサレム紀行』で繰り返し指摘されるように、確かに、人類の歴史において、泡のようにはかなく、まれな状況であるかもしれない。多くは、暴政と搾取の連続であり、ロシアや東欧諸国などにおける自由の束縛が、『学生部長の十二月』など、ベローの作品では繰り返し取り上げられている。

一方、自由があると思われているアメリカや日本など、いわゆる自由世界における「自由」は、果たして創造的・生産的に活用されているのであろうか。平均的な市民の場合は、どうであろうか。精神分析医エーリッヒ・フロムの『自由からの逃走』(**Fromm**)や、『人間における自由』や、『正気の社会』などに説かれているように、自由とは、真に成熟した人によってはじめて創造的・生産的に生かされるものであろう。残念ながら、多くの場合、昔と比べて労働時間が大幅に短縮され、自由時間が増えているにもかかわらず、人は、孤立し、自己疎外にさらされ、堕落しているのではないか。せっかくの自由は、些末なことに浪費されているのではないか。人は、自由に呪われ、半ば眠った状態で、虚しい娯楽にふけり、無意味な人生を抱えて歩き回っているのではないか。

この点、『雨の王ヘンダソン』や『ハーツォグ』や『フンボルトの贈物』を含めたベローの諸作品において、精神の眠りとその覚醒を求める奮闘が描かれている。『エルサレム紀行』においても、その点は同様である。

一般論として、国としても、組織としても、個人としても、使命があり、目標があり、目安があれば、それだけ自由は創造的・生産的に活用されるのではないか。イスラエルには、厳しい状況で、多くの難題があり、その生活は必ずしもうらやむべきものでないかもしれないが、それでも、彼らがホロコーストの灰燼より創造した国を守るという共通目標があり、ハイテク産業・農業を始めとした革新的な社会の雰囲気があり、そこでは目覚めた精神で自由を活用している人は、少なくないのではないか。

8　過大な期待

二点目として、『エルサレム紀行』には、イスラエルやユダヤ人に対する過大な期待が、ところどころで言及されている。

その要因とは、何であろうか。

まず、ユダヤ人自身が、自ら及び他者に対して、過大な期待を抱く傾向にあるということである。それは、道徳や倫理を重視し、正義や平等を求めるユダヤ教の戒律、戒律を可能な限り守って生きようとする努力、それ故に抱く世俗社会に対する高い理想、がそのように過大な期待を抱かせるのではないか。

それは、『宙ぶらりんの男』で説かれている理想の構築物と無縁ではないだろう。高次の精神生活を求める理想である。

あるいは、ホロコーストを含めた差別と迫害の歴史を潜り抜けてきたユダヤ人を見て、彼らは特殊である、という人々が抱く一般的な概念が要因となっているのかもしれない。そして、ホロコーストの灰燼から国家を建設し、それを守り発展させていることも現代においては、特殊な例である、と人々に見なされているのかもしれない。

このようなことが、イスラエルやユダヤ人に対するパレスチナ難民の扱いや、シオニズムの変容や、聖地の問題などに対して、過大な期待、そして過剰な批判につながっているのかもしれない。多くの国から難民が流出している混沌の時代に、パレスチナ難民のみが大きく取り上げられ、イスラエルを過度に批判する材料になっていることはないであろうか。

歴史を振り返れば、アメリカがなしたアメリカ・インディアンに対する迫害や追放や居留地での強制的な生活、そしてロシアがしでかしたいわゆる富農たちのシベリア追放などがあるが、大国が大手を振ってなした蛮行が非難されることが少ないのに対して、イスラエルは小国であるがゆえに、過大な非難を浴びている、ということはないであろうか。

イスラエルの人々は、そうした過大な非難を受けつつ、存続を求める戦いの中で、同時に諸方面に気を配り、奮闘して生きなければならない。たとえば、あるホロコースト生存者は、「同時に五つのことを行なう」（『ホロコーストの子供たち』Epstein）という。これは大変困難なことであるに違いないが、反面、こうした気配りは、逆境を乗り越えて、大きな生産性につながることも考えられよう。

9　平凡と過多

『エルサレム紀行』では、多くの苦難を経て、平凡な日常を送れるだけで満足するイスラエルの人々と、有り余る物資に恵まれながら、なお不満を抱くアメリカの人々とが対比されている。ベローの親族を含めて、ロシアの全体主義で辛酸をなめてきた人々は、イスラエルで「普通の生活」を送れることに感謝している。平凡であっても普通の日常のありがたさは、苦難を経た人であって初めて味わえるものなのであろう。

一方、イスラエルと比較して、アメリカや日本などには、自由があり、物資があふれ、人々は飽食に浸っている。しかし、皮肉なことに、飽食や物質的な過多は、人に必ずしも幸福をもたらさず、それはむしろ害になるのである。人々は、そうした状況で、幸福や満足を得られておらず、不満を募らせ、自由を創造的・生産的に活用することもできていない。むしろロシアを含めた東欧諸国など、物質的に恵まれず、自由が束縛されている国の人々こそが、切磋琢磨し、精神を覚醒させ、人間としての成長を求め奮闘しているのではないか。ここで、ベローの『宙ぶらりんの男』より『ラヴェルスタイン』に至るまで、十九世紀のアメリカ作家ヘンリー・デイヴィッド・ソローが、なぜしばしば言及されているのか、と考えさせられよう。

ソローの思想の中核とは何であろうか。それは、衣食住の最低限の必要を見極めたうえで、精神的に高次の生活に集中することであった。「高次の生活」(higher life) とは、ベローとソローの作品に頻出する言葉である。

ソローの思想に共感を抱く人々の中で、たとえば、精神分析医のエーリッヒ・フロムは、指摘している。資本主義社会で、人が求める生き方には、根本的な誤りがあるのではないか(『正気の世界』10)、と。それは、金銭、名誉、地位、権力を求めて悪戦苦闘する生き方である。

それらを得られる可能性は、ほんの一握りの人に限られるにもかかわらず、大勢の人々がそれを求めて群がり、血みどろの悪戦苦闘を展開している。その結果は、どうなるのか。多くの敗残者や精神病患者が生み出されているのではないか。しかも、それらを獲得できたごく少数の人でさえ、必ずしも幸福を感じているわけではない。

現代文明は、人の魂の深い要求に応えてくれないのだ。実際、われわれの日常の精神文化は、極めて貧しい内容ではないか。たとえば、その気になれば、最上の文学や音楽を大衆に届けることができる伝達媒体は、まともな人には視聴に堪えないような屑を流し続けている。

一方、日本においても、ソローのように、物質的には簡素に、精神的には豊かな生活を営む思想が、たとえば、『徒然草』、『方丈記』、『奥の細道』、あるいは良寛などによって説かれ、それを現代作家の中野孝次が『清貧の思想』、『足るを知る』、『良寛にまなぶ「無い」のゆたかさ』など、多くの著作によって伝えている。

残念ながら、それと逆行する大量生産・大量消費・大量廃棄の悪弊は、アメリカでも、日本でも、イスラエルでも広まり、T・S・エリオットが言う荒地や、山崎豊子が描く不毛地帯が広がっていることは事実であるが、それでも物質的には簡素に、精神的には豊かに生活を営むことは、持続可能な社会を築くために、誰にとっても重要ではないか。

ベローはこのような有意義な思想の流れに属していると思われる。そこに、われわれはベローを読み続ける意義を見出せるのではないか。

加えて、われわれがベローの著作に惹かれる理由として、ユダヤ人の伝統、古い道より存続のための叡智を見出せるのではないかという期待と、魂の充足を求める生き方への共感が存在しているのである。

10　おわりに

ベローは、アウシュヴィッツや、難民キャンプや、六日戦争後の戦場を訪れ、ビアフラ、バングラディッシュ、カンボジアなどの悲惨な状況も見聞している。また、地下組織の人々やアラブ系の人々とも交わり、ロシアや東欧諸国における自由の拘束にも常に関心を抱いている。このようなベローの幅広い活動や関心が、『エルサレム紀行』の内容に溶け込んでいるのであろう。そこには、人の蛮行や、文明の衰退を憂える気持ちも、しみ込んでいる。

エルサレムでは、人々は多くの課題を抱えて多方面に気を配りながらせわしなく動き回り、生きる権利が当然視されない緊迫した状況で、存続のために戦っている。三ヶ月間、ベローはその雰囲気を吸収し、エルサレム滞在で感じたこと、見えてきたものは、前述したように少なくない。

結局、イスラエルの存続は、やはりユダヤ性に基づいた精神文化が繁栄してこそ、その意味があるのではないか。その点で、ユダヤの伝統、古い道、を大切に維持し、それから新たな文明を築いてゆくような道を求めてゆくことは、意味があるであろう。

かつての明治維新の日本のように、海外の文化を積極的に摂取すると同時に、武士道などの伝統、江戸時代の文化、克己・忍耐・自足などの徳目を保存することも忘れてはいけなかったのではないか。単に物質的に繁栄し、それを謳歌して、生涯を送るような人が増えたら、そのような社会の存続には、あまり意味がないのではないか。

不遇の中で切磋琢磨するイスラエルでは、一九四八年の建国以来、すでに十二名のノーベル賞受賞者を出しているが、一方、長い歴史を持つエジプトでさえ四名、ほかのアラブ諸国に至ってはほとんど皆無である。偉大な文明の子孫であるアラブ諸国の人々は、原油に恵まれた状況において、果たして精神的に恵まれているのであろうか。ただ飲食にかまけ、虚しい娯楽に明け暮れる人の群がる国は、衰退の一途をたどるのみであろう。

有意義な文化の一例として、イスラエルでは、福祉制度が非常に発達しているという。それは、長い流浪の歴史や差別や迫害の歴史をくぐり、存続のために相互援助がいかに大切であるか、を身に染みて知っているからではないか。ちなみに、東日本大震災の折、遠方から真っ先に駆けつけてくれたのは、イスラエルの援助隊ではなかったか。

『エルサレム紀行』は、精神の共同体や存続に関してベローに新たな視点を加えたであろうし、それは、今後の作品において、『エルサレム紀行』では愛らしく描かれた妻アレクサンドラが、『学生部長の十二月』や『ラヴェルスタイン』を経て変容を遂げてゆくように、変化や深みを増してゆくのである。

第11章　ホロコースト以後の持続と変容――『ベラローザ・コネクション』

1　はじめに

『サムラー氏の惑星』（1969）に続いてホロコーストを背景としたソール・ベローの『ベラローザ・コネクション』（1989）は、以下の三点において読者の興味を掻き立てよう。それは、多面的なビリー・ローズの救助活動、ハリー・フォンスタインのホロコースト以後の人生、そして七十代になった語り手の老いとの闘いである。ベローは、『サムラー氏の惑星』では、ホロコースト生存者である老主人公の目を通して、未曽有の悲劇のトラウマと一九六〇年代の荒廃したニューヨークと、さらに一九六七年に勃発したイスラエルの六日戦争とを重ねて、読者に存続への道を訴えた。それにもかかわらず、ベローが以下の心情を吐露していることは興味深い。「今だったら捉えていたであろう重要事項の意味を、当時は見逃しており、ようやく『ベラローザ・コネクション』に至ってそれが可能となったのだ。長命を保ち、成すべきことをようやく果たせたのだ」（『積もりつもって』313）と。ベローは、『サムラー氏の惑星』に加えて『エルサレム紀行』（1976）でもホロコーストやイスラエルを論じているが、それにもかかわらず、このように述べている背景とはどのようなものであったのだろうか。

本章ではそのことを探りながら、右記の三点を詳しく眺めてゆきたい。

物語の概要は、以下のものである。氏名不詳の語り手が、三十年にもわたって連絡が途絶えているフォンスタインとその妻ソレラの消息を知ろうとして、留守番の若者より二人の事故死を告げられる。そこで、語り手の職業である記憶研究所の思い出と共に、フォンスタイン夫妻やビリー・ローズなど、ベローの作品にお馴染みの死者に関する回想が展開されてゆくのである。

2　多面的なビリー・ローズの救助活動

ビリー・ローズは大変なやり手である。作曲を手がけ、万国博覧会やホロコースト追悼集会を開催し、イスラエルに彫刻庭園を寄贈し、キャバレーを含む多角経営を発展させる。と同時に、不動産を大量に取得し、ベイビー・スヌックというキャラクターを大流行させたファニー・ブライスを含めて歌手や女優と結婚・離婚を繰り返し、仕事柄ギャングとの交わりも少なくない。ユダヤ移民の多いニューヨーク、マンハッタンのロウアー・イースト・サイドの出身であるが、今日の彼にはブロードウェイの興行師という色彩が強い。それでも彼のアイデンティティにはユダヤ人の血が流れており、そのことが彼をしてホロコースト難民の救出へと走らせたのであろう。アメリカのギャングよりイタリアのマフィアへとコネが働き、イタリアでは何とマフィアの殺し屋が、ビリー・ローズの救出作戦に手を貸しているのである。彼らの地下組織が、牢獄よりフォンスタインを救出する際には、出口まで脱出経路が確保され、警察よりフォンスタインに関する資料が盗み出されるという周到さである。

ちなみに、ビリー・ローズとギャングとのかかわりを探る際に、アルバート・フリード著『ユダヤ人ギャング、アメリカでの興亡』(Fried)が参考になるであろう。同著によれば、一九一二年頃、ロウアー・イースト・サイドの犯罪は手に負えなくなっていたという。たとえば、その地におけるユダヤ人売春婦への払いは、界隈のヒモや家主や親玉たちに吸い上げられるが、それでも売春婦の稼ぎは、平均的な女性労働者よりも多かったという。そこで売春は、ユダヤ慈善団体にとって手に余る規模へと拡大していった(同上10)。

売春と同様、賭博も盛んであり、競馬を賭け事とする賭博場も繁栄する。有力なユダヤ人賭博師たちは、ロウアー・イースト・サイドの悪徳政治家と組み、大規模な賭博場を設立し、高利貸しや保険業なども手がけていた(同上23)。

教育同盟やヘンリー・ストリート・セツルメントなどの慈善団体は、若者たちを悪の道より救い出そうと努めたが、その成果はきわめて疑問であった。安アパート(テネメント)改善なども試みられたが、むしろユダヤ人はできるだけ早く貧困地区より抜け出すことに解決策を求めたという。

第一次大戦後、ロウアー・イースト・サイドのみでなく、シカゴやボストンやフィラデルフィアなどにおいても地下組織は先細りしていたが、一九二〇年ころ発布された禁酒法が再びユダヤ系地下組織を活性化させてゆく。活動を拡大するために、イタリア系とユダヤ系ギャングが手を結ぶ場合があった。そして、なんと「殺人会社」が設立され、一九三六年から三九年にかけて、ギャングの敵と見なされた者は次々と消されてゆく。スロット・マシーン、競馬、賭博、酒、高利貸し、麻薬などが、悪の組織の資金源となった。

結局、ユダヤ人ギャングは、一九二〇年代の禁酒法によって儲け、さらに賭博によって巨利を得たが、ようやく貧民街の消滅に伴って、消えていったのである（同上 287）。

さて、ローズがギャングと組んだ救助活動は、最初は小規模であったが、やがて老朽船を雇ってパレスチナへ難民を運ぶ大規模な動きへと発展してゆく。ビリー・ローズは、清濁併せ呑む人物であり、その点、大酒飲みで女たらしでありながらユダヤ人を救ったオスカー・シンドラーと同様であるが、アメリカで著名なラビ・ワイズ（1874-1949）などよりはるかに実践的な救助活動をしたことになる。これは、機知や奇策を駆使してフランス貴族の救出を展開した『紅はこべ』（Orczy）や、あらゆる危機から脱出する魔術師フーデニの諸活動（『フーデニ』1976）を連想させよう。ホロコーストの極限状況下であるからこそ、「異常が平常であるような世界を生きてきた」（『ワイン・女・言葉』Rose, 101）ブロードウェイの興行師がユダヤ難民を救出するという意外性が生じ得るのである。ちなみに、『ホロコースト百科事典』（1990）は、杉原千畝、シンドラー、ワレンバーグを含めてユダヤ人救出に当たった異邦人を詳述し感謝を込めているが、その中にビリー・ローズの項目は見当たらない。

それはなぜであろうか。『ベラローザ・コネクション』においても、『ワイン・女・言葉』と同様、禁酒時代のギャングの相棒、著名人の結婚相手、速記の名手、芸能活動の演出家、名画の蒐集家、億万長者、ゴシップ欄筆者、ゴーストライターの雇い人など、ローズの多面性が読み取れ、『ワイン・女・言葉』にはホロコーストへの言及もあるが、そこでは難民救助に関して一切触れられていない。すなわち、ビリー・ローズは、マスコミに取り上げられることに腐心している一方で、難民救助に関しては、不思議なことにそれが公にされることを嫌うのである。比較として、投機家・哲学者・慈善家でもあるジョージ・ソロス（1930-）は、私的なことや慈善活動を世間に知られたくないと考えている（『ソロス』2004）というが、ローズもフォンスタインが救助されたことに対して感謝を述べようと繰り返し近づく際に、それを避け続けている。巨大規模で多面的な物事を運営する人物は、一介の難民の運命などにかかわりあっていられない、ということであろうか。

ただし、『ワイン・女・言葉』に見られる以下の描写は、なかなか興味ぶかい。「ヒトラーを捕らえ猿のように檻に入れて見世物にしよう。こうした興行師ローズの提案が新聞に大々的に報道されたが、このことがヒトラーをして地下壕で自殺を選択する一因となったのではないか」（125）。これは、ホロコーストという巨大な渦の中でローズが果たしたかもしれない貢献を匂わせる言葉である。

3　ホロコースト生存者の第二の人生

一方、フォンスタインには、精神科医で『夜と霧』（Frankl）の著者であるヴィクトール・フランクルを含めたホロコースト生存者と同様、戦後の第二の人生が展開されるのである。

十四歳で父を亡くし、親族をホロコーストでほとんど失い、生きるために諸言語を必死で学びながらヨーロッパを逃げ回ったフォンスタインに、アメリカは第二の人生を与えてくれたのである。彼は自己管理や時間管理を徹底し、夜間学校で工学を学び、起業家として暖房器具部品を改良した。そして、その特許を取得し、商魂ある妻ソレラの援助を得て、企業経営を成功に導いたのである。

フォンスタインとソレラは、まさにホロコーストによって生まれた夫婦であると言えよう。二人にはそれぞれ許しあうべき足の不具合や肥満という欠点があるが、いずれにせよ、もしローズの救助活動がなかったならば、二人が出会い、結婚することはあり得なかったであろう。また、二人には、それぞれ忘れてしまいたい屈辱の過去があるが、それによって心を煩わされるのではなく、それを葬り去り、その跡に強烈な人生を打ち立てようとするしたたかさがある。その点、同様に屈辱的な過去を持ちながら、それを多面的な行動に塗りこめてしまうローズとの類似性も窺えよう。ベローの描く人物には、しばしばこうしたしたたかさが付与されており、それが大きな魅力である。それは、簡単に没落してゆくドライサーのハーストウッド（Dreiser）や、自殺に走るクレインの『街の女マギー』（Crane）と異なり、マラマッドが著した、帝政ロシアの独房で耐える『修理屋』（Malamud）のヤーコフ・ボックのしたたかさに通じるものである。

実際、その奇妙な外見にもかかわらず、フォンスタインとソレラは、よく考えれば、悪くない夫婦であろう。夫は六つの言語を話し、妻は英語とフランス語が堪能である。二人の結婚には、米国市民権の獲得と、結婚を絶望視していた肥満の娘が求めた幸福という利便性があったにせよ、二人はそれなりに愛し合っている。この夫婦は、お互いに理想を求め過ぎ、その結果、現実との落差に幻滅して破綻するわけではない。むしろ最初よりお互いに妥協すべきことが多く、そのことがむしろ結婚に幸いして、ベローの描く人物としては珍しく離婚に至ることもなく、長年の夫婦生活を維持できたのであろう。おまけに、この夫婦は（後に賭博の道に迷い込んだとはいえ）数学の天才児という息子に恵まれたのである。息子ギルバートは、せっかくの才能を、ラスヴェガスでの賭博に悪用してしまうが、確率と記憶を用いて賭博で金もうけをしようというのであるから、これは語り手が記憶を事業に用いて莫大な財産を築いたことと無縁ではない。

ところで、『サムラー氏の惑星』を含めてトラウマを描くホロコースト文学が圧倒的に多い中で、フォンスタインには悲劇の後遺症が（少なくとも表面的には）ほとんど見受けられない。それは、彼が悲劇に屈することのない挑戦的な態度を貫いたことに関連しているのかもしれない。強いて言えば、彼にとってのトラウマとは、救助者ローズに対して、何度拒否されようとも、執拗に面会を願い、礼を尽くそうとすることであろうか。

一方、彼の妻ソレラは、愛する夫の気持ちを支えようとして、強制収容所の機構や運営に関心を抱き、ある意味で夫のトラウマを代わって引き受けていると言えなくもない。犠牲となった夫の親族を肉体的に保障するかのように、九十キロもの肥満である。『雨の王ヘンダソン』に登場するアーネウィ族の女王や、短編「古い道」のティナなど肥満の女性たちは、肉体的にも精神的にも際立ち、民主主義のけだるい平均化を拒否する存在なのであろう。ことにソレラは、難民の妻としてホロコーストを研究し、強制収容所の運営方法に異常な関心を示し、あたかもホロコースト生存者であるフォンスタインの代わりを務めているかのようである。彼女は、熟睡する夫とは対照的に不眠症であり、眠れないままにホロコースト文献を大量に読み、それに関して著書をまとめ上げようとするかの勢いである。

この夫妻は一九五〇年代の終わりにイスラエルに向かい、そこでソレラは、日系アメリカ人彫刻家・画家・造園家イサム・ノグチ（1904-88）の協力のもとにエルサレムに芸術庭園を贈ろうとしたローズと対面し、夫に面会するよう談判する場面も展開するのである。また、イスラエルにはフォンスタインの同郷人が数名暮らしており、迫害によって精神を病み援助を求める親族も現われる。

その約二十年後、賭博で問題を起こした息子を救いにラスヴェガスへと向かった夫妻の自動車事故は悲惨なものであった。ソレラではなく、フォンスタインが運転していたならば、事故を回避できていたかもしれない。しかし、彼女は母親として息子の危機に居ても立ってもいられない気持ちでハンドルを握ったのであろう。「彼らのアメリカの息子」（97）の窮状を救おうとはせ参じている途中で事故死したと書かれてあるが、仮にギルバートが「ユダヤの息子」であり、克己、忍耐、規律などの伝統的な徳目を重視する生き方をしていたならば、才能をラスヴェガスの賭博に浪費することもなかったであろうし、フォンスタイン夫妻が悲惨な死を遂げることもなかったかもしれない。

4 語り手の老いとの戦い

氏名不詳の語り手は、小柄で機知に優れ競争心の旺盛なその父親から見れば、図体ばかり大きくても、人間として甘く、グリニッチ・ヴィレッジで生半可な思想に現を抜かし、記憶を媒介とした曖昧な職業を始め、おまけにワスプの女性と結婚したユダヤ系の「問題児」である。こうした父親と息子との確執は、ベローの諸作品に顕著である。ただし、父親にいろいろ批判されてはいるが、語り手も並みの人間ではない。記憶力は抜群であり、それを活用して四十年にもわたる記憶研究所の事業を成功させ、巨万の富を築き、悠々とした引退生活を送っている。彼は、けだるい平均化を求める民主主義社会において、常により高い人間の有様を求めているという。

語り手は、新世界アメリカで生まれ、その自由な空気を吸って生きてきた人間であり、ホロコーストを頂点としたユダヤ人の旧世界での差別と迫害の歴史とは無縁である。ロシア系ユダヤ移民の息子という出自をごまかすことはないが、それでも「半分はユダヤ人、半分はアメリカ人」(88)というアイデンティティを抱いている。語り手は、「これは(伝統を重んじ、感情を重視する)ユダヤ的であり」、「これは(ビジネス優先で、感情を抑制する)アメリカ様式である」などとかなり意識して物事を識別する傾向がある。したがって、「ユダヤ的」、「アメリカ的」という表現が作品全体に散見されるのである。彼は、事業に用いた莫大な記憶力を駆使して、フォンスタインのホロコーストの歴史を辿り、ビリー・ローズのアメリカでの物質的な成果を述べ、それによって自らの生き方を改めて問うのである。

前述したように、語り手は、これまで四十年もの間、記憶研究所の所長であった。持ち前の記憶力を駆使し、フィラデルフィアを本拠として記憶開発事業を国際的に展開し、企業や政界や防衛関係者を鍛え、巨万の富を築いた。現在では有能な息子に事業を譲り、ワスプの亡妻が内装を整えた豪邸で余生を送っている。ユダヤ人が歴史的に重視してきた記憶を事業に活用したことは興味深いが、これは情報産業と関わる分野であろう。この事業は、アメリカのみでなく、台湾や東京でも発展しているが、イスラエルには根付かなかったという。差別や迫害の重い記憶を抱いて生きる人々の国では、記憶を事業に転化させることは無理なのであろうか。

ただし、ユダヤ人の聖書によれば、記憶とは、過ぎ越しの祭りを始めとしてユダヤ人が過去を思い、それによって自己のルーツやアイデンティティを確認し、さらに未来に備えようとするものである。すなわち、記憶は存続のための盾である。語り手は、ユダヤ人が重視する記憶を事業に用いてきたことに対して、おそらく懺悔の意味も込めて、この回想をしたためたのではないか。それは、聖書においてソロモン王が人生を省みて悲哀を滲ませる「伝道の書」を連想させる内容でもある。一方、語り手の次世代に当たるギルバートは、記憶を賭博に用いている点で、さらに問題である。「生存者はヨーロッパの試練に耐えたが、アメリカの状況に果たして対応できるか」(65)とソレラは問いかけたが、不幸にして、それは彼女の息子でありホロコーストの子どもであるギルバートに悪い形で表われてしまったのである。

ともあれ、ロシア移民の息子である語り手が記憶の事業を発展させたこと、貧民街出身のビリー・ローズがブロードウェイの興行師に出世したこと、そしてホロコースト生存者であるフォンスタインが暖房器具の事業で成功したことは、社会の階段を上ることを許容するアメリカであったればこそ可能となったのであろう。これはユダヤ移民の長い歴史において、彼らをアメリカへと惹きつけてきた要因である。

そこでベローの諸作品では、移民の父親と、その息子とでは職業が非常に異なってくる。たとえば、投資相談役スワードロウの息子たちは科学者になり、「古い道」では移民の息子が不動産業者や科学者に変容し、『ハーツォグ』の場合は、移民の息子たちが建設業者や学者になっている。ギルバートも曲がった道さえ歩まなければ、著名な数学者になっていたであろうに、惜しいことである。

さて、聖書の記述に窺えるように、ユダヤ人は過去の意味を問い、それを現在に反映させ、未来を眺める姿勢を重視してきたのではなかったか。また、彼らは歴史を、人が単に生きて死ぬ繰り返しではなく、それを貫き何らかの目標に向かって人に前進を促す力であると解釈してこなかったか（『ユダヤ人の歴史』上巻7）。それを思うとき、記憶を語り手が歴史を司る媒体ではなく、事業の道具にしてきたことに疑問が生じてこよう。

その上、ホロコーストを直視することを避けてきた語り手は、あるとき、夢において一種の悟りを得る。それは、情け容赦のないホロコーストの暴力に関してのものである。この悟りで語り手がこうむった衝撃は、たとえば、カレーニンが避け続けてきた人生の深淵を見出し（『アンナ・カレーニナ』上巻293）、ジェイムズ・ジョイスの「痛ましい事件」（Joyce）や、ヘンリー・ジェイムズの『密林の野獣』（James）において、主人公たちが最後に遭遇する悟りを、われわれに連想させよう。彼らは、これまで人生がいかに深みを欠いたものであったかを、ほとんど最後になって悟り、慄然とするのである。

この夢は、語り手がこれまでの人生で構築してきた防御体制を壊す象徴的な内容の夢であり、これまでの彼の生き方の核心に迫るものである。彼は、浮世の些事から幾重にも防波堤を作って身を守り、低級な思想には関わらないよう警戒し、また、気持ちが散漫にならないよう事務的な仕事と高次な仕事を別々の部屋で行なったりしている。しかし、いかなる規模の暴力を想像するかで、自らの力の度合いに関する理解も異なってくるという。換言すれば、ホロコーストという極限の暴力を想像するか否かで、それは違ってくるのである。

フォンスタインの場合と異なり、語り手は自由な国で生まれ育ち、力強く行動できると思っていたが、そのような自己認識は誤りであった。彼は、フォンスタインの立場を本当に理解することはできないであろう。極限状況に自ら接したことがないからである。彼は、ユダヤ系ではあっても、フォンスタインのような場合とはまったく異なる存在である。これまで極限状況の暴力などを想像することから身を守ってきたが、アメリカで生まれ育った環境がそのようにさせてきたのであろうし、また、職業柄、自らの記憶に閉じこもり、さらに豪邸に独居するという環境において、努めて我が身を守るという状況に陥ったのであろう。

それでは、夢においてある他者によって語り手が落ち込むことを予期されて掘られていたという穴は何を意味するのであろうか。『宙ぶらりんの男』が遭遇した「精神の噴火口」を連想させるこの穴は、人を死へと導くものであろうか。語り手のこれまでの生き方が、結局、そのような穴に落ち込むことを予期させるのである。語り手は、その穴より抜け出すことが無理なようである。両足がロープか根に絡まっている状態である。

語り手は、必死に這い上がろうとしながら、自らの力を誤って判断していたという悟りに愕然とする。すでに力を使い果たしており、もし這い上がれたとしても、待ち受ける敵を倒すことは不可能である。こうした奮闘は、穴を掘った何者かによって終始見守られているという。

結局、この夢は語り手の精神面の欠如を示唆しているのであろう。確かに語り手は毎朝スキー器具で筋肉を鍛錬するなど老いと闘っているが、肉体面と共に彼の精神面はどうなのであろうか。ベローのエッセイ「封印された宝」を連想させる「けだるい午後には何ら他にすることを見出せない」(80) ようなフィラデルフィアで暮らし、「場違い」(84) であると感じる豪邸に独居し、じっくりと話し合える相手も存在していない。その上、自慢の記憶力も以前ほどではない。七十年も親しんできたフォースターの歌詞を思い出せずにうろたえてしまう。記憶が維持できる限りは存続の奮闘を継続できるが、忘却は死につながってゆくのである。

語り手は、フォンスタイン夫妻との連絡が途絶えていた三十年間、自らの事業の発展に忙殺されていたのであろうが、それは「成功を求める魅力ある発展段階ではなかった」(66) と述懐している。その後、ようやく再会を望むに至ったフォンスタインとソレラを交通事故で失い、語り手はこの後どのように生きてゆくのであろうか。

その点、彼は、回想の最終段階に至って、しきりとユダヤ人の伝統、「古い道」を思わせる発言を繰返している。亡妻の愛読書の中に見出したユダヤ神秘主義の聖典『ゾーハル』を読んでいることも、その表われと言えよう。おそらくこの後、彼の人生は、ユダヤ人の伝統的な古い道へと回帰してゆくのではないか。そこでは「記憶を束ね、それを維持する課題」

（76）が重要である。

ビリー・ローズの人生に見るように、物質的な成功は、必ずしも人生の意味をもたらしてくれない。金銭や不動産を得て、地位や名声を獲得することがアメリカの成功である、という思想は正しいものではない。ホロコースト生存者であるヴィクトール・フランクルが『意味への意思』(Frankl) で説く、逆境に対応する態度や人生の意味を探求する姿勢は、それとは別の次元である。語り手は、余生において、ユダヤ人の古い道に沿って、より適した脈略に自己を所属させるよう努めてゆくかもしれない。そのように「最後を飾る」ことが、神のイメージに似せて創造された人にとってユダヤ教の使命である「現世を修復する」道として望まれている。語り手は、『フンボルトの贈り物』のシトリンを含めて、老いて人生で真に大切なものが見えてきたということであろう。人は、人生の意味を充足させながら、自己を超越し、より高みの存在へと上ってゆく。

語り手なりに、これまでの人生において事業を成功させ、ワスプの女性と結婚して社会的な身分を向上させ、人生の些事からは身を守り、彼なりの「理想の構築物」を打ち立ててきたが、それが晩年に崩れてゆく。老いに至ってから、それまでの構築物を壊され、人生の新たな悟りに沿って生きようとすることは厳しいに違いない。しかし、それでも悟りによって今後の人生を修復してゆくことには意味がある。

5　おわりに

空想的な科学小説を著したH．G．ウェルズにも言及しつつ宇宙的規模で人類の存続を描いた『サムラー氏の惑星』も非常に味わい深いが、アメリカ的・ユダヤ的視点を交差させ、ブロードウェイ興行師の救出作戦、ホロコースト生存者の第二の人生、そして語り手の老いとの闘いを濃密な内容にまとめ上げた『ベラローザ・コネクション』もベローの円熟した作家としての腕前を具現化したものと言えるのではないか。ホロコーストを背景とした文学においても、組織や個人の場合と同様、それを存続させるためには、持続と変容の流動的な均衡を図ることが大切になってこよう。ベローが『積もりつもって』において、「長命を保ち、成すべきことをようやく果たせたのだ」と語った意味が頷かれてくるのである。

第12章　生と死の彼方に――『ラヴェルスタイン』

1　はじめに

『ラヴェルスタイン』（2000）は、ベロー最後の長編であり、作中に実在の人物をいろいろ織り込んだと言われている。その中で七十代の語り手チックは、ベロー自身を表わしているのであろう。

チックは、十二年間連れ添った妻ヴェラと離婚し、二人の兄を相次いで亡くし、親しく交わってきたラヴェルスタインをも失う。しかも、チック自身も食中毒で死にかけているのである。

体力や気力が衰える七十代でこれだけの不幸が重なれば、人生が崩れてしまうかもしれない。

しかし、一方、存続を支える要素として、チックは、ラヴェルスタインの指導を受けた大学院生のロザマンドと結婚しているのである。七十代でこうした新しい人生に歩み出すとは、実に驚くべきことではないか。

ただし、動物や人間の行動を探るデズモンド・モリスの『裸の猿』（Morris）には、「七十代の男性でも性が盛んなものは、七十％もいる」（52）などと書かれてある。

ベローの作品を振り返ると、『雨の王ヘンダソン』は、他の人々が定年退職を迎える年齢になって、アフリカの旅より帰還し、医師を目指し、医学校に入ろうとしている。また、『サムラー氏の惑星』で七十代の老主人公は、イスラエルでの六日戦争の取材から帰国するとすぐに、時差ぼけの影響はないかのように、図書館でいつものようにマイクロ・フィルムを眺めている。さらに、ベロー自身も、『エルサレム紀行』において、「年齢を考えると、僕は好調だ」(65) と述べているのである。

このように老いても依然として精力的なベローは、まさに読者に大きな元気を与えてくれる作家であると言えよう。

2 チックとラヴェルスタインの関係

ところで、語り手のチックという呼び名に注目したい。ラヴェルスタインやロザマンドは、きちんとした名前であるという印象を受けるが、チックはどうであろうか。チックと聞くと、われわれは「ひよこ」などを連想してしまうのではないか。チックは作家であり、哲学者のラヴェルスタインより年配であるが、それでもラヴェルスタインは、チックと呼んでおり、チック以外の呼び名は見当たらない。たとえば、『宙ぶらりんの男』はジョウゼフとしか名前が分からず、『ベラローザ・コネクション』の語り手の名前は不詳であり、サムラー氏だけにミスターが付けられていることと同様、これは不思議である。チックが従事している作家業とは、企業家や政治家などにしばしば侮られる対象であり、また、チックは、大不況下で青春を送った者として、人生への期待度が低い。彼は、そうした自分をへりくだって、チックと呼ばれることに甘んじているのかもしれない。

さて、この作品で重要なチックとラヴェルスタインの関係は、どのようなものであろうか。まず「ユーモアが二人を引き寄せた」（118）という。ラヴェルスタインは哲学者であり、チックは作家として、それぞれ高度な思想体系を築いているが、それでも思想と現実との隔たりは常に存在している。その狭間を埋めるための潤滑油、あるいはクッションとして、ユーモアが機能する場合があるが、そうした意味でユーモアを駆使する二人は、親しみを増しているのではないか。

また、ラヴェルスタインには、古今東西の思想に親しみつつ、ハイテク機器を操作するという、古さと新しさが混じり合っている面があり、そこでアメリカの都市に住みながら旧世界東欧のユダヤ社会を大切に思うチックと馬が合うのであろう。

さらに、ラヴェルスタインは、巨大な規模の精神生活を営んでおり、物事を大きく捉え、それを要約するのが得意であるが、チックは、大きな意味で秩序を持ち、世界を把握している人物に惹かれるという。「大きな意味で秩序を持ち」ということは、小さなところでは、たとえば、ラヴェルスタインは、タバコの火でネクタイを焦がし、食事の際に食べ物をこぼし、子供が食べるような菓子に目がないが、大きな点でしっかりと秩序を把握しているという意味である。

二人は近所に住んでいるので、頻繁に出会い、互いに遠慮のない会話を交わしているが、ラヴェルスタインは作家のチックに自分の伝記執筆を依頼しており、会話の際、記録されることを意識して話している面もあるだろう。

ラヴェルスタインはこれまで友人たちから借金をしながら生活をしていたようであるが、そうした借金生活から抜け出すために本を書いたらどうか、というチックの提案を受け入れ、講義ノートをもとに本を書き、それが何と国際的なベストセラーとなり、ラヴェルスタインに名声と高収入をもたらす。大学での講義内容を一般書にして、それが大衆に受けたとは、驚くべきことであるが、こうした意味で、チックはラヴェルスタインにとって恩人である。そこで、ラヴェルスタインは感謝をこめて、チック夫妻をパリの最高級ホテルに招待し、豪華な食事を振る舞ったりしている。

そして、前述したように、チックはラヴェルスタインより年配であるが、ラヴェルスタインを「自分の教師」であると見なしている。ラヴェルスタインの幅広い知識を尊敬し、また、人生を修復の過程であると考えているチックにとって、ラヴェルスタインは遠慮なく意見を述べてくれる貴重な教師であるということであろう。

3　教育者としてのラヴェルスタイン

そこで教育者としてのラヴェルスタインに注目したい。

「講義準備に深夜まで時間をかけている」（54）ということであり、ラヴェルスタインはかなり教育熱心である。優秀な学生たちを惹きつけ、その学生たちを高次の精神生活へ導こうとしているが、自分の求める水準に及ばない学生には、容赦しない。

ラヴェルスタインは、周囲に優れたものを選んで配置することを好む。それは住居であり、部屋の調度品であり、衣服であり、音楽である。そして周囲に優れた人材を集めている。ラヴェルスタインは、哲学を教えるのみでなく、その哲学を生きようとしている。彼が教えようとすることは、哲学を生きようとする彼自身の具体的な姿に他ならない。

そこで、親から離れ入学してきた学生たちを、ラヴェルスタインは親代わりとして、いろいろ指導し、結婚相手まで心配している。

実際、学生たちは彼らの教師を尊敬し、その生き方を真似ている。そして、卒業後、学生たちは各分野でかなりの影響力を発揮する地位に就き、恩師にいろいろ貴重な情報を伝えてくる。このように卒業後も、師弟関係は長く続いているのである。

教育の目的は、将来に向けて社会の指導者や専門職を養成することであるから、ラヴェルスタインは、教育者として成功していると言えよう。

「魂が求めるものに、いかに応えるのか」(19)。これが、ラヴェルスタインの重要な問いである。腐敗と混沌と暴力に彩られた現代文明は、必ずしも魂が求めるものに応えていない。それは、物質的な発展には大きな関心を払うが、精神的な成長をないがしろにしてきた。それは、俗悪な公共の伝達媒体、映画、アニメなどを通して、人の本能の最低部分を掘り下げ、人の精神に毒を流し込んでいるのである。そこでラヴェルスタインは、高次の生活の二大源泉としてアテネとエルサレムを慕い、古今東西より選び抜いた情報を、巨大な知識の枠組みに集約し、自己および関係者の可能性を最大限に高めようとするのである。

ところで、彼は、自分に大切な領域では理路整然としているが、ほかの分野では適当に流している。そうしたラヴェルスタインの生き方は、村上春樹が「本当に自分にとって興味のあることだけを自分の力で深く掘り下げるように努力をし、それ以外のジャンクはジョークとしてスキップしてしまう」(『村上朝日堂の逆襲』253)と述べる方法に似ているかもしれない。これは、最優先事項に努力を集中し、高い生産性を上げようとする生き方である。ラヴェルスタインはそのような生き方をする人々の共同体を築くことを目指している。

ラヴェルスタインが目指す共同体は、『宙ぶらりんの男』でジョウゼフが築くことを試みた「精神の植民地」を連想させるものではないか。気心のあった人々が結集し、力を合わせて高次の生活を営む共同体である。それはまた、高い生産性を上げているイスラエルの集団農場（キブツ）や、アメリカなどで社会の運営に重要な役割を演じている非営利組織をも連想させよう。『エルサレム紀行』によれば、作家アモス・オズが暮らすキブツにおいて、一日の労働を終えた人々は、ロシア系であれば、トルストイやドストエフスキーなどの作品を真剣に読み、ドイツ系であれば、モーツァルトなどの音楽に浸って質の高い余暇を過ごしているという。

さて、チックは、ラヴェルスタインの演習にしばしば招かれ、ゼミ生たちと文学を語り合う。ラヴェルスタインほどの優れた学者に加えて、ノーベル賞作家が参加しているのであるから、これは素晴らしく質の高い演習ではないか。ちなみに、ベローは、『エルサレム紀行』でも、トルストイの長短編を読む講義を、別の教授と担当している、と述べているが、それも内容の濃い講義であろう。

また、ラヴェルスタインは、自宅で勉強会を開いている。ベローは、エッセイ「封印された宝」において、アメリカ社会での文学同好会の貧困さを嘆き、今日でも名作を読む人は存在するにせよ、その読んだ内容を話し合う仲間がいるのだろうかと問いかけている。そうした同好会が存在しないならば、文学の宝は各人の内面に封印されたままになってしまうであろう。

アメリカの教育では、ＩＴ関係は盛んであるが、人文科学系は消滅寸前である、と『ラヴェルスタイン』でも語られているが、実際、ラヴェルスタインが開いているような内容の充実した演習や勉強会が方々に存在するならば、人文科学教育もアメリカで再び盛んになるのではないか。

ところで、歴史的に見て、教育とユダヤ性の維持がいかに深くかかわってきたことか。これは強調してもし過ぎることはない。もし教育制度が欠けていたならば、差別と迫害の歴史を経たユダヤ人の存続は、果たせていなかったかもしれない。これを理解したうえで、ラヴェルスタインの教育者としての働きに改めて注目したい。

4　チックの存続への戦略

『ラヴェルスタイン』を含めて、これまでのベローの諸作品は、主人公が各状況をいかに生き延びるか、という「存続への戦略」を描くものである。

そこで、チックの存続への戦略を語る場合、『ラヴェルスタイン』にはホロコーストの影を生きる多くの人々が描かれてあり、そこで、ホロコースト生存者であり著名な精神分析医であるヴィクトール・フランクルを引用しても場違いではないであろう。

フランクルは、『夜と霧』の中で、生き延びるために、ナチスに対して目立つ存在であってはならない、と言う。また、精神的に豊かな者は肉体的に頑健な者より生き延びる可能性が高い、と述べている。それは、豊かな内面において、恐るべき外的状況よりささやかな形でも身を守る砦を築くことができるからであろう。そして、極限状況においてもユーモアの効用を活用すべきである、と説くが、さらに自分には愛する人が待っている、そして自分にはまだ果たすべき仕事がある、ということが生き延びる助けになったと語っている。これは、まさにチックの場合に当てはまるものではないか。

チックの場合、献身的で若く美しいロザマンドがいる。ロザマンドのためにも死ぬわけにはゆかない。また、チックは、ラヴェルスタインの伝記を書かなければならない。果たすべき仕事があるということが、食中毒で死にかけ、集中治療室からの生還が極めて稀な状況で、チックが奇跡的に後遺症も残らず、生き延びる助けとなったのである。

5　合理主義と神秘主義

チックの存続への戦略を見た後で、さらに存続に関して、ユダヤ人の合理主義と神秘主義に触れておきたい。

ユダヤ人は六一三の戒律を重視し、ユダヤ教の使命である現世の修復に励む。もちろん、六一三の戒律全てを実践できる人はいないであろうが、各自ができる範囲で善行を尽くし、神が創造された必ずしも完全ではない、矛盾の多い、現世の修復に努めるのである。

ユダヤ人は、生きることは学ぶことであると思い、生涯学習を実践し、生涯の運営計画を練った後、死を迎えるにあたって、神の面前で最後の審判を受ける。そこでは人の生涯における善行と悪行とが秤にかけられ、天国か地獄かへの審判が下るという。これは極めて合理的ではないか。

また、ユダヤ教は現世主義である。来世から帰った人はいない。来世があるかどうかもわからない。そんなあてにならない来世に期待するのではなく、あくまで現世で勝負しようとするのである。また、現世での悲惨な生活は、来世において救われる、などという、現世の不正を歪んだ形で正当化しようという説にもくみしない。

生涯学習、生涯運営計画、優先事項の習慣化によって、確かに豊かな生産性を持った生涯が送れるのではないか。多くのユダヤ人が、文化や事業の分野で大きな成果を挙げているのもこうした合理主義に基づいているのであろう。もっとも、そうしたユダヤ人の合理主義を皮肉る『犠牲者』のオールビーのような意見もあるが（146）。

一方、われわれは、合理主義に信頼を置く半面、人の不合理な面、たとえば、不合理な暴力性や残虐性や、分かっていてもやめられないという悪癖が、人にあることも無視できない。

もちろん、合理主義には素晴らしく機能する面があるが、合理主義だけではもしかしたらユダヤ思想は、平板なものになってしまうかもしれない。神秘主義を加えることによって、始めてユダヤ思想はより味わい深いものになるのではないか。そこで、人は存続のために、合理主義に神秘主義を合わせ、その均衡を図りながら、さらに理想と現実の狭間をユーモアの潤滑油で埋めてゆくような生き方が望まれるのかもしれない。

ユダヤ神秘主義に関して、十八世紀の東欧で野火のように広がったハシディズムは、歌・踊り・歓喜・善行によって神に仕え、社会や人生の修復に努め、一方、「ロシアに根拠を持つルバヴィッチ派は、瞑想・夢・想像力・直感を重視し、その運動を広く展開している」（『困難に立ち向かって』Hoffman）。

また、神秘主義には、ゴーレム（人造人間）や、ディブック（死霊）や、十六世紀のユダヤ人聖者であるイツハク・ルーリアの神話が、その彩りを添えている。これらの思想は、われわれ日本人に親しみ易いものかもしれない。たとえば、ゴーレムは、日本映画の三部作『大魔神』に現われ、ディブックは、『雨月物語』や、『源氏物語』や、ラフカディオ・ハーンの『怪談』を連想させる存在であり、さらに、イツハク・ルーリアの神話は、万物に神々が宿るという日本人の信仰と響き合うものではないか。その神話とは、天地創造の際、創造の余りの圧力のために、創造の器が壊れ、神の神聖な光が処方に飛散した。その光は万物の中に封じ込められてしまったという。そこで、人は、善行を成すことによって、その閉じ込められた聖なる光を解放するのである。これは、人が存続を求める上で、非常に魅力的な神話であると言えよう。

ラヴェルスタインは、合理主義者であり、彼の著作や口頭発表は、合理主義によって組立てられてあり、彼の主義主張はしっかりとした堅固な引用によって支えられてある。ところが、そのラヴェルスタインにも、すでに指摘したように、細かい点で、いろいろ不合理な問題が見出されよう。

一方、チックは、作家というその職業柄、合理的な面はあるが、神秘主義に傾くことも少なくない。彼は、生と死の彼方に思いをはせる人物である。

そして、若いロザマンドは、恩師であるラヴェルスタインの影響を受けているが、チックと結婚生活を送っており、合理主義と神秘主義を取り持つ役割を果たせよう。

6　生と死の彼方に

存続への戦略が語られるとともに、ベローの諸作品ではまた死が論じられている。たとえば、『雨の王ヘンダソン』では、「多くの主要な事業は、前の世代で終了してしまい、今やいかに死に対応するか、という最大の問題が残されているのだ」（276）と言う。

そして、ベローの諸作品でよく出てくる言葉は、「死」と並んで「倦怠」である。なぜ人生に倦怠を覚えるのか？　それは、死に真剣に向かい合っていないからではないか。死に真面目に対処しないでいると、その結果、生が見えにくくなり、生そのものが活気を失ってしまう。

そこでラヴェルスタインの生き方に注目したい。ラヴェルスタインは「倦怠を嫌う」(53-4)。難病患者であるラヴェルスタインは、普通の人より死を意識していたはずであるが、そこで彼は残された時間の質を上げようと奮闘して生きた。難病を患っているにもかかわらず、哲学者・教育者としての人生を最後まで全うしようと努めた。飲酒や喫煙を止めず、パーティを続け、講義を継続し、講演会ではいつも真っ先に質問した。ディナー・クラブで経営者と知的な会話をすることを喜び、訪ねてくる人々とユーモアを交えて会話を楽しんだ。死を意識するがゆえに生を懸命に営んだのである。

吉田兼好の『徒然草』の言葉、「されば、人、死を憎まば、生を愛すべし。存命の喜び、日々に楽しまざらんや」は、ラヴェルスタインの生き方に当てはまるであろう。

また、日本においても、「いくたびも雪の深さを尋ねけり」と歌うように、ほとんど病床を離れえぬほどの難病にもかかわらず正岡子規は、まさにラヴェルスタインのように生きた。すなわち、ラヴェルスタインや正岡子規は、最後まで仲間と論じあい、友人と談笑し、飲食を楽しみ、与えられた「いま、ここに」を目いっぱい生きたのだ。

ところで、ラヴェルスタインは自宅で死を迎えたのか、あるいは病院で亡くなったのか。それは書かれていないが、大切なことであるように思われる。

病院で死ぬ場合、死が病院での出来事に移ってしまい、日常生活の中で死が見えにくくなってしまう。また、病院において、患者が意識を失ってからまで意味のない延命治療を施すべきではないだろう。

斎藤茂吉が「死に近き母に添い寝のしんしんと遠田のかはず天に聞こゆる」と歌うように、日本においても以前は自宅での死が普通であった。

自宅において死にゆく者は、意識があるうちに人々に感謝や別れの言葉を述べ、そして、家族、親族、愛犬などに見守られて、世を去っていった。そして、地域の人々もその死の体験を共有したのである。

このように真面目に死に対処することは、生を考える上で大きな教育効果をもたらすのではないか。

『ラヴェルスタイン』を含めて、ベローの諸作品では、しばしば「固有の死」が語られている。ホロコーストの大量虐殺を経た後の世代にとって、特に固有の死は意味が深い。読者は作品を通して固有の死を何回も反復しながら、自らの生を考えてゆく。死を見つめることによって、生の意識を高めてゆくのである。これは、ベロー文学を読む一つの大きな意義であると言えよう。

ところで、ベローと並んで、ノーベル文学賞を受賞したユダヤ系作家アイザック・バシェヴィス・シンガーは言う、「宇宙のどこかにすべてのことを細密に記録する保管所があるのではないか」（『メシュガー』 ***Mehugah*, 170**）と。

また、ユダヤ系経営学者のピーター・ドラッカーは「あなたは何によって記憶されたいか」と『非営利組織の運営』を含めた諸作品において繰り返し問う。ドラッカーの問いは、シンガーの言葉と響き合うものではないか。

ユダヤ系作家を連想させるシャーウッド・アンダソンの短編「森の中の死」に描かれるのは、名もなき女であるが、彼女の生涯は、周囲の人や動物に対して、食事の世話をする、という仕事によって一貫していた。

また、アイザック・シンガーの短編「タイベリと悪魔」に登場するユダヤ社会の最底辺に生きる教師補佐アルホノンは、精神的に折れることもなく、話術の才能を生かし、薄幸の未亡人との性生活を楽しんだのである。

「森の中の死」にせよ、「タイベリと悪魔」にせよ、このような生涯を送った人がいたのだと、宇宙の保管所に記録され記憶されるかもしれない。

確かに、『ラヴェルスタイン』に描かれるように、人の誕生以前には巨大な暗黒が存在し、その人の死後にはまた膨大な暗黒が横たわっている。人は、そうした巨大な暗黒の狭間に束の間の生を得るのみかもしれない。

実際、人は自らの意志でなく誕生し、自らの意志でなく世を去ってゆく。暗黒に挟まれたほんの束の間の生である。しかし、誰にもしかと分からない死に関していたずらにおそれて生きるより、人は生きているときをいかに良く生きるかに努めるしかない。

そもそも、われわれが存在する限り、死は存在しないし、また、死が存在するときは、もはやわれわれはこの世にいないのだ。

ラヴェルスタインは、古今東西の叡智を選んで集約し、それによって巨大な思想の枠組みを構築し、ハイテク機器も活用した。

ユダヤ人の合理思想によれば、死者は、その家族・親族・友人・知人たちの記憶に生きており、また、死者の業績は、その影響を及ぼす限りにおいて、生きている。

したがって、ラヴェルスタインは、彼の指導を受けた人々や、その影響に浴した人々や、また、彼のことを読む人々の記憶の中に生き続けるだろう。その意味で、ラヴェルスタインは「生と死の彼方に」生きている。

同様に、聖書で語られるモーセは、ユダヤ人にとって、自分の祖父以上に親しい存在であるのかもしれず、モーセが影響を及ぼす限りにおいて、彼は「生と死の彼方に」生きていると言えよう。

7　おわりに

一方で、「魂の存在とは？」、「来世の存在とは？」、「宇宙の果てとは？」などと問い続けて生きてゆくことも無意味ではないだろう。たとえば、シンガーは示唆する。細菌は、それが見える顕微鏡が発明されてから、その存在が明確になったのであり、それでは、いつか魂が見える顕微鏡が発明されるかもしれない、と。

同様に、死者の世界から戻った人は誰もいないと言っても、それで来世の存在を否定しきることはできない。ベローのように、われわれが、「生と死の彼方に」を問い続ける意味はあるだろう。

実際、われわれは、「生と死の彼方に」を問う一方で、存続への戦略を考える。死を考えることによって、生を活性化するのである。合理主義は重要であるが、合理主義のみでは生涯を渡れまい。

ベローが『雨の王ヘンダソン』や『ユダヤ短編傑作選』の序文で述べるように、物事の混淆をその不純や悲劇や希望を含めて受け入れること、そして、それを発展させ、合理主義と神秘主義のふさわしい混淆を受け入れること、が求められよう。そこで、合理主義と神秘主義の狭間を埋めるものは、ユーモアであるかもしれない。

Aleichem, Sholom. *Tevye's Daughters*. New York: Crown Publishers, 1949.

——. *Adventures of Mottel the Cantor's Son*. New York: Henry Schuman, 1953.

——. *Inside Kasrilevke*. New York: Schocken Books, 1965.

——. *Some Laughter, Some Tears*. New York: Paragon Books, 1968.

——. *The Adventures of Menahem-Mendl*. New York: Paragon Books, 1969.

Allen, Mary L., "The Flower and the Chalk: The Comic Sense of Saul Bellow," Ph. D. dissertation, Stanford U., 1968.

Atlas, James. *Delmore Schwartz The Life of An American Poet*. New York: Farrar, Straus & Giroux, 1977.

Alter, Robert. *After the Tradition: Essays on Modern Jewish Writing*. New York: E. P. Dutton, 1971.

Anderson, Sherwood. *Death in the Woods and Other Stories*. Los Angeles: Green Light, 1993.

Ansky, S. *The Dybbuk and Other Writings*. New York: Schocken Books, 1914.

Antin, Mary. *The Promised Land*. New Jersey: Princeton UP, 1911.

Ayalti, Hanan J. ed. *Yiddish Proverbs*. New York: Schocken Books, 1963.

Baeck, Leo. *The Essence of Judaism*. New York: Schocken Books, 1961.

Bakkar, J. *Fiction as Survival Strategy*. Amsterdam: Rodopi, 1983.

Baumbach, Jonathan. *The Landscape of Nightmare: Studies in the Contemporary American Novel.* New York: New York UP, 1965.

Baumgarten, Murray. *City Scriptures: Modern Jewish Writing*. Cambridge: Harvard UP, 1982.

Bellow, Saul. *Dangling Man*. New York: The Vanguard Press, 1944.

——. *The Victim*. New York: The Vanguard Press, 1947.

——. *The Adventures of Augie March*. New York: The Viking Press, 1953.

——. *Seize the Day*. New York: The Viking Press, 1956.

——. *Henderson the Rain King*. New York: The Viking Press, 1959.

——. "The Sealed Treasure," *Times Literary Supplement* (1 July 1960).

——. *Herzog*. New York: The Viking Press, 1964.

——. *The Last Analysis*. London: Weidenfeld and Nicolson, 1965.

——. *Mosby's Memoirs and Other Stories*. London: Weidenfeld and Nocolson, 1968.

——. *Mr. Sammler's Planet*. New York: The Viking Press, 1970.

——. *Humboldt's Gift*. New York: The Viking Press, 1975.

——. *To Jerusalem and Back*. New York: The Viking Press, 1976.

——. *The Bellarosa Connection*. Middlesex: Penguin Books, 1989.

——. *It All Adds Up*. New York: The Viking Press, 1994.

——. *Ravelstein*. Middlesex: Penguin Books, 2000.

—— ed. *Great Jewish Short Stories*. New York: Dell Publishing, 1963.

Benton, Barbara. *Ellis Island*. New York: Facts on File Publications, 1985.

Berger, Alan L. *Crisis and Covenant: The Holocaust in American Jewish Fiction*. New York: State University of New York, 1985.

Bilik, Dorothy S. *Immigrant-Survivors: Post-Holocaust Consciousness in Recent Jewish American Fiction*. Connecticut: Wesleyan UP, 1981.

Blatty, Wlliam P. *The Exorcist*. New York: A Bantam Book, 1971.

Blech, Benjamin. *The Complete Idiot's Guide to Understanding Judaism*. Indianapolis: Alpha Books, 2003.

Bradbury, Malcolm. *Saul Bellow*. New York: Methuen, 1982.

Buber, Martin. *Hasidism & Modern Man*. New York: Horizon Press, 1958.

Buford, Bob. *Finishing Well*. Nashville: Integrity Publishers, 2004.

Cahan, Abraham. *The Rise of David Levinsky*. New York: Grosset & Dunlap, 1917.

——. *Yekl and The Imported Bridegroom and Other Stories of Yiddish NewYork*. New York: Dover Publications, 1896.

Christopher, Milbourne. *Houdini*. New York: Gramercy Books, 1976.

Clayton, John. *Saul Bellow: In Defense of Man*. Bloomington: Indiana UP, 1968.

Cohen, Abraham ed. *Everyman's Talmud*. New York: Schocken Books, 1949.

Cohen. Sarah B. *Saul Bellow's Enigmatic Laughter*. Chicago: University of Illinois Press, 1974.

Conrad, Joseph. *Heart of Darkness*. Tokyo: Kenkyuusha, 1899.

Cooney, Terry A. *The Rise of the New York Intellectuals. Partisan Review and Its Circle, 1934-1945*. Madison: The University of Wisconsin Press, 1986.

Cowan, Lore & Maurice. *The Wit of the Jews*. Nashville: Aurora Publishers, 1970.

Crane, Stephen. *Maggie: A Girl of the Street*. New York: The Modern Library, 1893.

Cronin, Gloria L. & Siegel, Ben eds. *Conversations with Saul Bellow*. Jackson: UP of Mississippi, 1994.

Des Pres, Terrence. *The Survivor*. New York: Oxford UP, 1976.

Diner, Hasia R. *Lower East Side Memories*. Princeton: Princeton UP, 2000.

Dreiser, Theodore. *Sister Carrie*. New York: The Modern Library, 1900.

———. *The Financier*. New York: The New American Library, 1912.

Dresner, Samuel. *The Zaddik*. New York: Schocken Books, 1974.

Drucker. Peter F. *Managing the Nonprofit Organization*. New York: Harper, 1990.

———. *Adventures of a Bystander*. New Brunswick: Transaction Publishers, 1994.

———. *The Essential Drucker*. New York: Harper, 2001.

———. *The Daily Drucker*. New York: Harper, 2004.

———. *Management. Revised Edition*. New York: Collins Business, 2008.

———. *A Functioning Society*. New Brunswick: Transaction Publishers, 2010.

Eban, Abba. *Personal Witness: Israel through My Eyes*. New York: G. P. Putnam's Sons, 1992.

Duncan, Jeffrey L. ed. *Thoreau: The Major Essays*. New York: E. P. Dutton, 1972.

Epstein, Helen. *Children of the Holocaust*. Middlesex: Penguin Books, 1979.

Frankl, Victor E. *Man's Search for Meaning*. New York: Pocket Books, 1959.

———. *The Will to Meaning*. New York: A Meridian Book, 1969.

Fried, Albert. *The Rise and Fall of Jewish Gangster in America*. New York: Columbia UP, 1993.

Friedman, Bruce Jay. *Stern*. New York: Arbor House, 1962.

Fromm, Erich. *Escape from Freedom*. New York: Henry Holt & Company, 1941.

———. *Man for Himself*. New York: Henry Holt & Company, 1947.

———. *The Sane Society*. New York: Henry Holt & Company, 1955.

Gillman, Sander L. *Smart Jews: The Construction of the Image of Jewish Superior Intelligence*. Lincoln: University of Nebraska Press, 1997.

Girgus, Sam B. *The New Covenant: Jewish Writers and American Idea*. Chapel Hill: The University of North Carolina Press, 1984.

Gittleman, Sol. *From Shtetl to Suburbia*. Boston: Beacon Press, 1978.

Gold, Michael. *Jews Without Money*. New York: Avon Books, 1930.

Goldin, Judah ed. *The Living Talmud*. New York: A Mentor Book, 1957.

Goldman, Leila. *Affirmation and Equivocation: Judaism in the Novels of Saul Bellow*. Ann Arbor: University Microfilm International. 1982.

Gorelick, Sherry. *City College and the Jewish Poor*. New Jersey: Rutgers UP., 1981.

Greenspan, Ezra. *The Schlemiel Comes to America*. Metuchen: The Scarecrow Press, 1983.

Guttman, Israel ed. *Encyclopedia of the Holocaust*. New York: Macmillan Publishing Company, 1990.

Hapgood, Hutchins. *The Spirit of the Ghetto*. Cambridge: The Belknap Press of Harvard UP, 1902.

Harris, Mark. *Saul Bellow: Drumlin Woodchuck*. Athens: The University of Georgia Press, 1980.

Hearn, Lafcadio. *Kwaidan*. Tokyo: Charles E. Tuttle Company, 1904.

Hemingway, Ernest. *Green Hills of Africa*. London: Jonathan Cape, 1936.

———. *The Complete Short Stories of Ernest Hemingway*. New York: Charles Scribner's Sons, 1938.

———. *The Old Man and the Sea*. New York: Charles Scribner's Sons, 1952.

Henriksen, Louise Levitas. *Anzia Yezierska: A Writer's Life*. New Brunswick: Rutgers UP, 1988.

Hoffman, Edward. *The Way of Splendor*. Boston: Shambhala, 1981.

———. *Despite All Odds*. New York: Simon & Shuster, 1991.

———. *Opening the Inner Gates*. Boston: Shambhala, 1995.

———. *The Heavenly Ladder*. Newton: Prism Press, 1996.

———. *The Kabbalah Reader*. Boston: Trumpeter, 2010.

Hoffman, Eva. *Shtetl: The Life and Death of a Small Town and the World of Polish Jews*. New York: Houghton Mifflin Company, 1997.

Holy Bible. New King James Version: Nashville: Thomas Nelson, 1982.

Howe, Irving. *World of Our Fathers*. New York: Harcourt Brace Jovanovich, 1976.

Inazo Nitobe. *Bushido: The Soul of Japan*. Tokyo: Charles E. Tuttle Company, 1899.

Joyce, James. *Dubliners*. New York: The Viking Press, 1914.
Kazin, Alfred. *A Walker in the City*. New York: Harcourt Brace & Company, 1946.
——. *Starting Out in the Thirties*. New York: Vintage Books, 1965.
——. *New York Jew*. New York: Syracuse UP, 1978.
——. *Writing Was Everything*. Cambridge: Harvard UP, 1995.
Kemelman, Harry. *Friday the Rabbi Slept Late*. Bath: Chivers Press, 1964.
——. *Saturday the Rabbi Went Hungry*. New York: Fawcett Crest, 1966.
——. *Sunday the Rabbi Stayed Home*. New York: Fawcett Crest, 1969.
——. *Monday the Rabbi Took Off*. New York: Fawcett Crest, 1972.
——. *Tuesday the Rabbi Saw Red*. New York; Fawcett Crest, 1973.
——. *Wednesday the Rabbi Got Wet*. New York: Fawcett Crest, 1976.
——. *Thursday the Rabbi Walked Out*. New York: Fawcett Crest, 1978.
——. *Conversations with Rabbi Small*. New York: Fawcett Crest, 1981.
——. *Someday the Rabbi Will Leave*. New York: Fawcett Crest, 1985.
——. *One Fine Day the Rabbi Bought a Cross*. New York: Fawcett Crest, 1987.
——. *The Day the Rabbi Resigned*. New York: Fawcett Crest, 1992.
——. *That Day the Rabbi Left Town*. New York: Fawcett Crest, 1996.
Klein, Marcus. *Foreigners: The Making of American Literature 1900-1940*. Chicago: The University of Chicago Press, 1981.

Knopp, Josephine Z. *The Trial of Judaism in Contemporary Jewish Writing*. Urbana: University of Illinois Press, 1975.

Kohut, Alexander. *The Ethics of the Fathers*. New York: BiblioLife, 1920.

Kolatch, Alfred J. *The Jewish Book of Why*. New York: Jonathan David Publishers, 1995.

Kosinski, Jersey. *The Painted Bird*. New York: The Modern Library, 1965.

Kremer, S. Lillian. *Witness Through the Imagination: Jewish American Holocaust Literature*. Detroit: Wayne State UP, 1989.

Langer, Lawrence. *The Holocaust and the Literary Imagination*. New Haven and London: Yale UP, 1975.

Leitner, Isabella. *Fragments of Isabella: A Memoir of Auschwitz*. Tokyo: Eihousha, 1978.

Levine, Gemma. *We Live in Israel*. East Sussex: Wayland., 1981.

Lewisohn, Ludwig. *Israel*. London: Ernest Benn Limited, 1926.

Limmer, Ruth. *Six Heritage Tours of the Lower East Side*. New York: New York UP, 1997.

Lipman, Steve. *Laughter in Hell*. New Jersey: Jason Aronson, 1991.

Malamud, Bernard. *The Assistant*. New York: Farrar, Straus & Giroux, 1957.

——. *The Fixer*. New York: Farrar, Straus & Giroux, 1966.

Malin, Irving. *Jews and Americans*. Carbondale & Edwardsville: Southern Illinois UP., 1965.

——. ed. *Saul Bellow and the Critics*. New York: New York UP, 1967.

Matt, Daniel C. *Zohar*. New Jersey: The Paulist Press, 1983.

Metzker, Isaac ed. *A Bintel Brief*. New York: Schocken Books, 1971.

Milbourne, Christopher. *Houdini*. New York: Gramercy Books, 1976.

Miller, Arthur. *Death of a Salesman*. Middlesex: Penguin Books, 1949.

Ministry for Foreign Affairs. *Facts About Israel*. Israel: Information Division, 1964.

Morris, Desmond. *The Naked Ape*. New York: Dell Publishing, 1967.

Opdahl, Keith M. *The Novels of Saul Bellow: An Introduction*. University Park: The Pennsylvania UP., 1967.

Orczy, Baroness Emmusuka. *The Scarlet Pimpernel*. New York: A Bantam Book, 1905.

Plimpton, George ed. *Writers at Work*. Middlesex: Penguin Books, 1967.

Potok, Chaim. *The Chosen*. New York: Fawcett Crest, 1967.

——.*The Promise*. New York: Alfred A. Knopf, 1969.

——. *In the Beginning*. New York: Alfred A. Knopf, 1976.

Rabin, Leah. *Rabin: Our Life, His Legacy*. New York: G P. Putnam's Sons, 1997.

Riis, Jacob A. *How the Other Half Lives*. New York: Dover Publications, 1890.

Rodrigues, Eusebio. *Quest for the Human*. London: Associated UP. 1981.

——. "Bellow's Africa," *American Literature*. 43, 1971.

Rose, Billy. *Wine, Women and Words*. New York: Simon and Schuster, 1946.

Rosenfeld, Lulla. *Bright Star of Exile: Jacob Adler and the Yiddish Theater*. London: Barrie & Jenkins, 1977.

Rosenstein, Bruce. *Living in More than One World*. San Francisco: Berrett-Koehler Publishers, 2009.

Rosten, Leo. *The Return of Hyman Kaplan*. New York: Harper & Row, 1959.

——. *The Education of Hyman Kaplan*. New York: Harcourt Brace Jovanovich, 1965.

——. *The Joys of Yiddish*. New York: McGraw Hill, 1968.

——. *Leo Rosten's Treasury of Jewish Quotations*. New York: Bantam Books, 1972.

——. *Hooray for Yiddish!* New York: Simon & Schuster, 1982.

Roth, Henry. *Call It Sleep*. New York: Farrar, Straus & Giroux, 1934.

Roth, Philip. *The Anatomy Lesson*. New York: Farrar, Straus & Giroux, 1983.

Sachar, Howard M. *A History of the Jews in America*. New York: Alfred A. Knopf, 1992.

Scheer-Schazler, Brigitte. *Saul Bellow*. New York: Frederick Unger Publishing, 1972.

Scholem, Gershom. *Major Trends in Jewish Mysticism*. New York: Schocken Books, 1946.

—— ed. *Zohar: The Book of Splendor*. New York: Schocken Books, 1949.

Schulberg, Budd. *What Makes Sammy Run?* New York: Random House, 1941.

Schwartz, Howard. *Lilith's Cave*. New York: Oxford Press, 1988.

——. *Gabriel's Palace*. New York: Oxford UP, 1993.

Scott, Nathan A. Jr. *3 American Moralists: Mailer, Bellow, Trilling*. Indiana: University of Notre Dame Press, 1973.

Seller, Maxine S. ed. *Immigrant Women*. Albany: State University of New York Press, 1944.

Sforim, Mendele Moykher. *Tales of Mendele the Book Peddler*. New York: Schocken Books, 1996.

Shahn, Ben. *The Haggadah for Passover*. London: MacGibbon and Kee, 1965.

The Shulchan Aruch of Rabbi Shneur Zalman of Liadi. New York: Kehot Publication Society, 2002.

Singer, Isaac Bashevis. *Gimpel the Fool and Other Stories*. New York: Farrar, Straus & Giroux, 1957.

———. *Short Friday*. New York: Farrar, Straus & Giroux, 1964.

———. *In My Father's Court*. New York: Farrar, Straus and Giroux, 1966.

———. *Enemies, A Love Story*. New York: Farrar, Straus & Giroux, 1972.

———. *Shosha*. New York: Fawcett Crest, 1978.

———. *Reaches of Heaven*. New York: Farrar, Straus & Giroux, 1980.

———. *Lost in America*. New York: Doubleday, 1981.

———. *The Penitent*. New York: Farrar, Straus & Giroux, 1983.

———. *Meshugah*. New York: A Plume Book, 1994.

Singer, Israel Joshua. *Of a World That Is No More*. New York: The Vanguard Press, 1946.

Spalding, Henry D. ed. *Encyclopedia of Jewish Humor*. New York: Jonathan David Publishers, 1969.

Steinsaltz, Adin ed. *The Essential Talmud*. New York: Basic Books, 1976.

———. *The Tales of Rabbi Nachman of Bratslav*. New Jersey: Jason Aronson, 1979.

Steinbeck, John. *The Grapes of Wrath*. Middlesex: Penguin Modern Classics, 1939.

Stern, Richard. *The Invention of the Real*. Athens: The University of Georgia Press, 1982.
The Talmud of Babylonia. VII: Tractate Besah. Atlanta: Scholars Press, 1986.
The Talmud of Babylonia. XXXV: Meilah and Tamid. Atlanta: Scholars Press, 1986.
Tanner, Tony. *Saul Bellow*. London: Oliver and Boyd, 1965.
Thackeray, William. *Vanity Fair*. Middlesex: Penguin Books, 1848.
Thoreau, Henry David. *Walden*. New York: Bramhall House, 1854.
———. *The Maine Woods*. New York: Bramhall House, 1864.
Tikkun. Volume 19 Number 4. Berkeley: George & Trish Vradenburg, 2004.
Trachtenberg, Joshua. *Jewish Magic and Superstition*. New York: A Temple Book, 1939.
Trawick, Buckner B. *The Bible as Literature*. New York: Barnes & Noble, 1970.
Twain, Mark. *The Portable Mark Twain*. New York: The Viking Press, 1946.
———. *A Connecticut Yankee in King Arthur's Court*. New York: Oxford UP, 1889.
Wallant, Edward L. *The Pawnbroker*. New York: Harcourt Brace Jovanovich, 1961.
Wells, H. G. *The Time Machine*. London: William Heinemann, 1895.
———. *The War of the Worlds*. Middlesex: Penguin Books, 1898.
———. *The Invisible Man*. New York: Berkley Highland Books, 1897.
———. *The First Men in the Moon*. Middlesex: Penguin Books, 1901.
Wiesel, Elie. *One Generation After*. New York: Schocken Books, 1970.
———. *Somewhere a Master: Further Hasidic Portraits and Legends*. New York: Summit Books,

1982.
Williams, Tennessee. *A Streetcar Named Desire*. Middlesex: Penguin Books, 1947.
Yezierska, Anzia. *Bread Givers*. New York: Persea Books, 1925.
——. *Hungry Hearts and Other Stories*. New York: Persea Books, 1920.
——. *Arrogant Beggar*. Durham & London: Duke UP, 1927.
Zborowski, Mark & Herzog, Elizabeth. *Life with People: The Culture of the Shtetl*. New York: Schocken Books, 1995.
石田友雄『ユダヤ教史』山川出版社、一九八〇年。
井本農一『芭蕉入門』講談社学術文庫、一九七七年。
井伏鱒二『黒い雨』新潮文庫、一九七〇年。
上田秋成『雨月物語　春雨物語』円地文子訳、河出文庫、二〇〇八年。
エリオット、T．S．『荒地・ゲロンチョン』福田陸太郎ほか注釈、大修館書店、一九八二年。
エルンスト・ミュラー編訳『ゾーハル』石丸昭二訳、法政大学出版局、二〇一二年。
大岡信『折々の歌』岩波新書、一九八〇年。
オズ、アモス『現代イスラエルの預言』千本健一郎訳、晶文社、一九九八年。
カウフマン、マイケル『ソロス』金子宣子訳、ダイヤモンド社、二〇〇四年。
片渕悦久『ソール・ベローの物語意識』晃洋書房、二〇〇七年。
ギルマン、サンダー『「頭の良いユダヤ人」はいかにつくられたか』佐川和茂、佐川愛子訳、三交社、二〇〇〇年。

クシュナー、ハロルド『ユダヤ人の生き方―ラビが語る知恵の民の世界』松宮克昌訳、創元社、二〇〇七年。

五味川純平『人間の條件』上・中・下巻、岩波現代文庫、二〇〇五年。

佐川和茂『ユダヤ人の社会と文化』大阪教育図書、二〇〇九年。

――『ホロコーストの影を生きて――ユダヤ系文学の表象と継承』大阪教育図書、二〇〇九年。

――『文学で読むユダヤ人の歴史と職業』彩流社、二〇一五年。

――『文学で読むピーター・ドラッカー』大阪教育図書、二〇二一年。

――『「シュレミール」の二十年――自己を掘り下げる試み』大阪教育図書、二〇二一年。

佐渡谷重信編『アメリカ小説研究――ソール・ベロー特集』泰文堂、一九七五年。

渋谷雄三郎『ベロー――回心の軌跡』冬樹社、一九七八年。

ジョンソン、ポール『ユダヤ人の歴史』上・下巻、石田友雄監修、阿川尚之ほか訳、徳間書店、一九九九年。

鈴木元子『ソール・ベローと「階級」――ユダヤ系主人公の階級上昇と意識の揺らぎ』彩流社、二〇一四年。

セルバンテス、ミッゲール・デ『ドン・キホーテ』堀口大学訳、講談社、一九七六年。

センプルン、ホルヘ『なんと美しい日曜日！――ブーヘンワルト強制収容所一九四四年冬』榊原晃三訳、岩波書店、一九八六年。

滝川義人『ユダヤを知る事典』東京堂出版、一九九四年。

立山良司編『イスラエルを知るための60章』明石書店、二〇一二年。

トケイヤー、ラビ・M・『ユダヤ五〇〇〇年の知恵――聖典タルムード発想の秘密』加瀬英明訳、実業之日本社、一九七一年。

トルストイ、レフ『アンナ・カレーニナ』木村浩訳、新潮文庫、一九七二年。

中野孝次『清貧の思想』文藝春秋、一九九六年。

――『良寛にまなぶ「無い」のゆたかさ』小学館、二〇〇〇年。

――『すらすら読める方丈記』講談社、二〇〇三年。

――『すらすら読める徒然草』講談社、二〇〇四年。

――『風の良寛』文春文庫、二〇〇四年。

――『足るを知る』朝日新聞社、二〇〇四年。

――『いのちの作法』青春出版社、二〇一二年。

日本聖書協会『聖書』一九五五年。

広瀬佳司『ユダヤ文化に魅せられて』彩流社、二〇一五年。

フェヌロン、ファニア『ファニア歌いなさい』徳岡孝夫訳、文藝春秋、一九八一年。

フリーダン、ベティ『新しい女性の創造』三浦冨美子訳、大和書房、一九六五年。

ホフマン、エドワード『カバラー心理学』村本詔司・今西康子訳、人文書院、二〇〇六年。

ボヤーリン、ジョナサンほか『ディアスポラの力――ユダヤ文化の今日性をめぐる試論』赤尾・早尾訳、平凡社、二〇〇八年。

町田哲司『ソール・ベローII――"Soul"の伝記　序説』大阪教育図書、二〇〇六年。

三浦綾子『銃口』上・下巻、小学館文庫、一九九八年。

ミュラー、エルンスト編訳『ゾーハル』石丸昭二訳、法政大学出版局、二〇一二年。

村松剛『ユダヤ人——迫害・放浪・建国』中公新書、一九六三年。

村上春樹・安西水丸『村上朝日堂の逆襲』新潮文庫、一九八六年。

紫式部『源氏物語』瀬戸内寂聴訳：講談社文庫、二〇〇七年。

モリヤマ、スティーブ『ユダヤ人成功者たちに秘かに伝わる魔法のコトバ』ソフトバンク　クリエイティブ、二〇〇四年。

山崎豊子『不毛地帯』（1〜5）新潮文庫、一九七六〜一九七八年。

吉澤傳三郎『ツァラトゥストラ入門』塙書房、一九六七年。

ロス、シーセル『ユダヤ人の歴史』長谷川眞、安積鋭二訳、みすず書房、一九六六年。

ワース、ルイス『ゲットー　ユダヤ人と疎外社会』今野敏彦訳、社会評論社、一九八一年。

あとがき

以上、修復の思想に絡めてソール・ベローの作品を辿ってきた。この思想は、せっかく与えられた自由の活用、生涯の運営計画の構築、民主主義の存続、などを求めて人が生きてゆくうえで、大切なものではないであろうか。

各章を推敲していると、以下のような表現によく出会う。神との契約、合理主義と神秘主義、死への真剣な対応、精神の共同体の構築、人生における集中心と方向性、最優先事項、魂の覚醒、魂の充足を求める生き方、ユダヤ人の伝統（古い道）、存続、そしてユーモアの効用、などである。これらの表現は、ベローの作品を読みながら、修復の思想に関連付けて、筆者の心にしばしば浮かんできたものであった。これらは、人として、そして作家として存続を求める上で、ベローの心にもしばしば浮かんでいたものであったことだろう。

ヘンリー・デイヴィッド・ソロー、アーネスト・ヘミングウェイ、ピーター・ドラッカーなどとの比較も各章に織り込んできた。ソローやドラッカーからは、物質的には質素に、精神的には豊かに、生活を営むことを教えられるが、それは、ベローの作品内容と響き合うことである。そして、それは、修復の思想に集約されてゆくことであろう。

神は、この世を創造されたが、自然の中には驚くべき創造の神秘が見られるにせよ、人間世界には、矛盾が多く、不完全な要素が少なくない。そこで、人は自然からも学びつつ、各自の領域において、現世の修復に励みつつ、生産的な生涯を送るよう努めてゆくのである。たとえ、障害や難病を抱えていても、各自はその強みを発揮しながら、可能な修復に励むのである。人が人生に向かう態度によって、長い目で見れば、大きな違いが生まれることであろう。それは生涯学習の道のりに等しい。精神的な成長がなければ、歳月は虚しく過ぎ、日々には意味も目安もない。

ここに収めた各章は、以下のように、これまで出版した共著に含めたものや、書き下ろしも含むが、全体の推敲を繰り返し、書き換えた箇所も少なくない。

はしがき（書き下ろし）

第1章　修復の思想とユダヤ系アメリカ文学（書き下ろし）

第2章　修復の思想と『宙ぶらりんの男』　日本ユダヤ系作家研究会『シュレミール』

No.21、二〇二二年。

第3章　対立の果て――「犠牲者」　広瀬佳司、伊達雅彦編『現代アメリカのレイシズム』彩流社、二〇二二年。

第4章　肯定への願望――『オーギー・マーチの冒険』　青山学院大学『論集』第二四号、一九八三年。

第5章　ユーモアと神秘主義のきらめき――『この日をつかめ』　日本ユダヤ系作家研究会『シュレミール』No.12、二〇一三年。

第6章　生の探求者――『雨の王ヘンダソン』　青山学院大学『論集』第二五号、一九八四年。

第7章　変貌の彼方へ――『ハーツォグ』『神山妙子教授退任記念論集　シャロンの華』笠間書院、一九八六年。

第8章　視力の増進――『サムラー氏の惑星』　佐川和茂・坂野明子・大場昌子・伊達雅彦共編『ホロコースト表象の新しい潮流　ユダヤ系アメリカ文学と映画をめぐって』彩流社、二〇一八年。

第9章　修復の思想と『フンボルトの贈物』（書き下ろし）

第10章　精神の共同体と存続――『エルサレム紀行』　日本ソール・ベロー協会編『ソール・ベロー　都市空間と文学』彩流社、二〇一二年。

第11章　ホロコースト以後の持続と変容――『ベラローザ・コネクション』　日本ソール・ベロー協会編『彷徨える魂たちの行方　ソール・ベロー後期作品論集』彩流社、二〇一七年。

第12章　生と死の彼方に――『ラヴェルスタイン』　日本ユダヤ系作家研究会『シュレミール』No.19、二〇一九年。

あとがき（書き下ろし）

「ソール・ベローと修復の思想」という課題に関して執筆してきたが、その動機の根本には、人生の修復に関する筆者の私的な課題が横たわっているのである。子供の頃に重病にかかり、かろうじて命を取り留めたベローが、その後の人生を「修復の過程」であると見なしたように、難病を抱えて十数年が経過した筆者にとっても、修復の課題に取り組む必要性が増しているのである。

振り返れば、中央大学夜間部や青山学院大学大学院でユダヤ系アメリカ文学に親しみ、卒業後の学会活動において、多くの方々にお世話になった。多くの知的刺激を与えていただいた日本ユダヤ系作家研究会（広瀬佳司会長）、日本ソール・ベロー協会（渋谷雄三郎、半田拓也、町田哲司、鈴木元子歴代会長）、日本ソロー学会（伊藤詔子、小野和人、山本晶など歴代会長）、そして各会の会員の皆様に深く感謝申し上げたい。

また、半世紀にわたって筆者を支えてくれた妻の愛子（元女子栄養大学教授、アメリカ黒人（ディアスポラ）文学、翻訳家）にも感謝の気持ちを伝えたい。

最後に、本書の出版を快諾された大阪教育図書の横山哲彌社長、そして、本書の内容を細かく検討され、体裁の統一などの複雑な仕事を効率よくこなしてくださった編集部の土谷美知子氏に心よりお礼申し上げます。

二〇二三年六月
佐川和茂

執筆者紹介

佐川和茂（さがわ・かずしげ）

一九四八年千葉県生まれ。青山学院大学名誉教授

著書に『歌ひとすじに　日本の歌・ユダヤの歌』（大阪教育図書、二〇二一年）、『「シュレミール」の二十年　自己を掘り下げる試み』（大阪教育図書、二〇二一年）、『文学で読むピーター・ドラッカー』（大阪教育図書、二〇二一年）、『希望の灯よいつまでも　退職・透析の日々を生きて』（大阪教育図書、二〇二〇年）、『青春の光と影　在日米軍基地の思い出』（大阪教育図書、二〇一九年）、『楽しい透析　ユダヤ研究者が透析患者になったら』（大阪教育図書、二〇一八年）、『文学で読むユダヤ人の歴史と職業』（彩流社、二〇一五年）、『ホロコーストの影を生きて』（三交社、二〇〇九年）、『ユダヤ人の社会と文化』（大阪教育図書、二〇〇九年）、など。

ソール・ベローと修復の思想――生と死の彼方に

2023年9月16日　初版第1刷発行
著　者　　佐川 和茂
発行者　　横山 哲彌
印刷所　　岩岡印刷株式会社

発行所　大阪教育図書株式会社
〒530-0055　大阪市北区野崎町1-25
TEL　06-6361-5936
FAX　06-6361-5819
振替　00940-1-115500
email=daikyopb@osk4.3web.ne.jp

ISBN978-4-271-21083-2 C3098 落丁・乱丁本はお取り替えいたします。